說給我的孩子聽系列　**面對人生的10堂課**

說給我的孩子聽系列　**面對人生的10堂課**

面對人生的10堂課

未來生活

出版序

學校沒有教的事，讓我們說給孩子聽

有好多事，我們想說給孩子聽。

教改實施後，升學壓力仍在，許多家長雖然於心不忍，卻還是得讓孩子面對激烈的學習競爭。「不能輸在起跑點上。」我們常這樣叮嚀孩子，但看到孩子拖著疲累的步伐趕赴學校、補習班，看到孩子的眼神不再有熱情和渴望，對自己失去信心，我們還能說服自己，這一切都是爲他們好嗎？

記得有個朋友曾聊起他的兩個兒子。他的大兒子功課很好，從進小學到畢業，都是第一名；小兒子調皮好動，功課總是吊車尾。他和他太太覺得，上天已經給了他們一個優秀的兒子，如果要求兩個孩子一樣好，那就太貪心了。既然小兒子不是讀書的料，他們對他的教育一向是「快樂就好」，讓他自由參加活動、發展興趣，從不逼他讀書。

上國中後，有一天，小兒子的導師打電話給他：「你兒子的智力測驗全班最高，功課卻很不好，我教書二十多年，從沒見過這種情形。」熱心的導師鼓勵他小兒子讀書，從此成績開始進步，後來考上醫學院，當了醫師。

原來，他小兒子是自覺比不上哥哥才不想唸書。由於父母沒給壓力，他得以自由發展，一直過得很快樂。朋友相信，就算他小兒子功課一直不好，考不上好學校，這種樂觀的態度也會跟著他，使他一生都受益！

聽了這段往事，讓我感觸很深，我想我們做父母的有必要重新思考，什麼樣的教育對孩子最有益？哪些人生建議能眞的幫助他們成長？

其實，教育最初的目的，是幫助一個人了解自己、發展自己，並能在生活中實際參與及互動。讀書考試之外，還有好多我們必須天天面對的事：

金錢——建立正確的金錢觀念，創造價值

時間——培養正確的時間觀念，把握分秒

個體與群體——認同群體，發展自我

溝通與表達——說自己想說的話，與世界相連

興趣與志向——做自己想做的事，發揮所長

身心健康——愛護身體，學習保健之道
生與死——了解生命的價值，體會生命的祝福
邏輯與智慧——提升思考能力，擴展人生格局
對台灣的愛——深化對家鄉的認同與感情
未來生活——展望未來，有自信面對未知的變化

這些事，在教科書裡找不到，考試也不會考，卻與人生幸福息息相關，需要我們說給孩子聽！這些事，就編寫在《說給我的孩子聽——面對人生的10堂課》裡，是您給孩子最好的禮物！每個主題都包含多則小故事，在孩子探索的過程中，您的陪伴將給他們信心，您的分享能減少他們的摸索——每則故事後還附有延伸問答，您和孩子可以輕鬆開啟話匣子，分享彼此的想法。

多麼希望在自己年輕時，也有這樣一套書來說給我們聽，減輕我們人生路上的徬徨與不安。早知道，早幸福，總有一天，孩子也跟我們一樣要面對眞實的世界，相信有了這10堂課，他們對未來會更有信心！

簡志忠

未來生活

未來生活

前言

相信夢想的力量

是否發現，我們現在的生活，和父母那一輩愈來愈不同了？就在不經意的時候，文明邁開步伐，悄悄改變了世界：

由於生育率下降、人口高齡化，三代同堂、子孫成群的畫面愈來愈少見了；男主外、女主內也不再是必然。

醫療水準提升，使人類的壽命延長，人們也更關心防治慢性病、對抗衰老的方法。

網際網路成爲另一個版本的報紙、雜誌、辭典、電話簿、百科全書、圖書館、購物商場……，資訊的流通更簡便快速了！

出外不必找公用電話，手機一撥，可以聯絡世界各地。用紙筆寫信的人少了，電子郵件、網路即時通訊讓人們隨時保持聯繫。

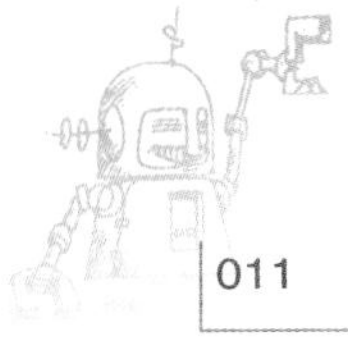

不只這些，還有資訊科技研發各種人工智慧產物、生物科技重寫遺傳密碼、石油和金屬等自然資源的日益稀少……每一項改變，都將重新塑造我們的生活型態，就像工業革命之後，電燈、電話、輪船、飛機的發明，改變了人類的生活。

可是我們不要忘記，科技的目的是爲了服務人類，在美麗新世界的理想中，人類的主體性不應該受到損傷，我們要思考的是：

在快速變動的社會中，我們是否勤於維繫人際關係，不讓忙碌成爲疏離的藉口？

當地球村的願景就要實現，我們能否包容不同種族、文化、思想的人？

我們是否能更尊重自然法則、珍惜資源，不要使文明產生後遺症？

當科技取代了人力，我們是否仍能肯定生命存在的意義，創造自己的獨特價值？

《面對人生的10堂課——未來生活》想要描繪的，正是未來的可能性，以及人類夢想的方向。透過二十餘則小故事，將未來的願景傳遞給年輕的一代。而每則故事之後，更編寫耐人尋味的問答，藉由小朋友和大朋

友的對話，提示多元的觀點，也讓親子有延伸討論的空間。

我們相信，面對未來最好的方式，是抱持開放的心，做好準備，迎接所有的改變。人不是完美的，人類的未來也不會沒有瑕疵，但是有了夢想的力量，相信我們可以發揮合作的精神，突破種種的限制，使夢想成眞！

感謝王千睿先生、翁靜玉小姐、謝金河先生，在書中與讀者分享個人對未來生活的展望。

世界變啊變！

網友約我出去見面，我該答應嗎？
大家生活習慣不同，誰該配合誰？
旅遊很好玩，但為什麼要多認識外國文化呢？
基因改造食品吃下去會不會有問題？
爸媽要離婚，是不是不愛我們小孩了？
好羨慕別人有兄弟姊妹哦！
爸爸失業了，每天來接我放學，好像怪怪的……

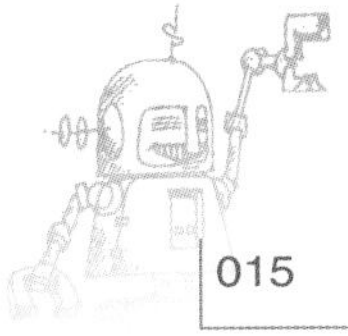

電火β的祕密與煩惱

網際網路改變了人際關係

「電火β，可以見面聊聊嗎？」阿吉坐在電腦前，看著螢幕裡跳出來的一行字，心中猶豫著該怎麼回這封信才好？

阿吉在網路上認識了大弟，阿吉以暱稱「電火β」現身，和大弟在網路上無話不談。大弟將自己所有的祕密都告訴了阿吉，包括上個月大弟學科測驗只考了五十六分，害怕被爸媽責備，只好把考卷藏在床底下的事，也只有阿吉知道。

不僅如此，他們兩人還是「遊戲天堂」裡最好的拍檔，曾經合力痛宰過齊林與小羊合組的「橫行二人幫」，搶奪了二人幫的寶劍，再以寶劍換得了「智慧之水」，勇奪上一季遊戲大賽的第一名。也因爲兩人默契十足，他們決定共組「家庭」，一起飼養小花（一隻生長在侏儸紀時期的雷龍）。

阿吉呆坐了好一會兒，突然想到晴媚和班上的同學明天要去白沙灣玩，要他上網查查明天的天氣。阿吉快速的按了幾下滑鼠，螢幕上出現一張天氣圖，上面布滿了密密麻麻的圖案和數字。

「糟糕，明天可能下雨。」阿吉有些懊惱。

他又按了幾下滑鼠，開始寫郵件給晴媚，並把天氣的資料轉寄給她，提醒她明天出門時別忘了帶傘。

過沒多久，電話鈴響了，是晴媚打來的。她抱怨阿吉太晚才給她資料，出遊的時間早就約定，餐點也買好了，總共有十二個人要去，現在改日期已經來不及了！

聽晴媚嘀嘀咕咕，阿吉都沒反應。晴媚罵了半天，才發覺今天阿吉怪怪的，阿吉不是那種打不還手、罵不還口的人，怎麼可能不爲自己辯解呢？

「你怎麼了？今天怪怪的哦。」晴媚直截了當的問。

「大弟要和我見面。」阿吉若有所思的說。

「這有什麼好擔心的，你們不是最要好的朋友？明天邀他一起去白沙灣玩嘛！」晴媚說。

「但是……但是我媽說不可以和陌生人出去！」

「陌生人？」晴媚沒聽懂。

「其實，大弟是我在網路上認識的朋友，我沒和他說過話，更沒見過面。」阿吉愈說愈心虛。

「可是你們聯手得到電玩大賽的第一名，還一起養小花不是嗎？」

「這有什麼了不起，聯手打電玩的拍檔大多沒見過面，小花也不知道換到第幾代了，反正又不會死！」阿吉說，「而且我連大弟是男是女都不確定，長相如何更不知道了。」

「這個嘛，我們可以多找幾個人跟他一起見面，這樣不就安全多了？就算他是『恐龍』也不怕！」晴媚提議。

「可是……可是，他以為我是女的，而且……我還告訴他，我是衝浪高手。」阿吉一臉尷尬，不好意思的說：「要是見了面，『電火β』的名聲不就要毀於一旦了嗎？」

（許玉敏）

阿吉騙了大弟真是不應該。

阿吉和他的網路戰友大弟素未謀面，就算曾經聯手打電玩，也不能說彼此眞的熟悉，這就是網路交友的迷思，充滿不確定性與不安全感。

上網玩遊戲的網友有一籮筐，很多人都是匿名，也不會完全暴露自己的眞實資料。雖然平時戴著「面具」在網路上可以暢所欲言，但是要碰面，就會面臨謊言被拆穿的危險，這樣朋友還做得下去嗎？

不過網路交友愈來愈普遍了，真的可以無話不談耶！

網際網路營造出的虛擬世界，讓人覺得刺激又神祕，我們可以毫無顧忌的暢所欲言，但也可以選擇不透露自己眞實的身分資料，所以透過電子郵件或網路聊天室的交流，其實是很難了解彼此的，更何況要變成眞正的好朋友！

在網路愈來愈盛行的時代，什麼樣的朋友是我們眞正想要的呢？

猴子和兔子的戰爭

尊重不同文化，追求和平之道

在遠方的森林裡，住著一群喜歡吃紅蘿蔔的兔子，和一群喜歡吃香蕉的猴子，他們本來井水不犯河水，各自生活在森林的東邊和西邊。不幸的是，最近發生了一場森林大火，把西邊所有的大樹都燒得精光，使得住在西邊的猴子無家可歸。兔子知道了這個消息，就好心的收留了猴子，讓猴子搬到東邊來住。

「反正我們兔子也不會爬到樹上去，就把樹幹讓給猴子暫住吧！」兔子的首領慷慨的說。

猴子來到兔子的家，熱心好客的兔子拿出最新鮮的紅蘿蔔請猴子吃，可是猴子一看到紅蘿蔔就摀著鼻子，一副快要嘔吐的樣子。

「我們不喜歡這種味道！」這群猴子皺著眉頭說。

「不好意思，那我們去找香蕉來給你們吃。」

話是這麼說，但兔子的心裡很不是滋味，彼此抱怨著：「這群猴子太不尊重我們了！我們好心收留了他們，他們不但不知道感恩，竟然還嫌棄我們的紅蘿蔔！」

每天清晨，猴子會站在樹梢不斷的發出吼叫聲，這樣做是爲了聯絡猴子彼此的情感，也爲了宣示「這裡是我們的領地，其他的猴群不可以侵入。」吼叫聲是猴子的祖先遺傳給他們的本事，猴子認爲不可以因爲借住在兔子家就廢除這個習慣，但聽在兔子的耳朵裡就覺得刺耳了。

「哼！猴子到了我們的地盤還這麼囂張，他們難道不懂得客人應有的禮貌嗎？」兔子互相抱怨、訴苦著。

兔子並不知道，其實猴子對兔子也是怨聲載道。他們覺得兔子身上的體味好臭，站在他們身旁，一句話還沒說完，就會因爲撲鼻的臭味而吐出剛吃下肚子的香蕉。

「這些兔子好髒哦！在唯一的水源區到處大便，把水汙染成黃黑色的泥，還發出濃濃的騷味，眞是噁心！」

最讓猴子受不了的是，兔子居然將猴子送的珍貴禮物——香蕉，隨地扔在樹下，讓猴子不小心就滑了一跤。

「我看兔子根本就想趕走我們。」一隻猴子說。

「哼！森林是大家的，哪有佔地爲王這回事？」猴子知道兔子的視力不好，於是決定趁著黑夜放火燒掉兔子的窩。

這時候的猴子當然也不會知道，兔子早已準備了柴火，打算燒掉大樹幹，把猴子趕走！

於是，第二場森林大火，就因爲兔子和猴子之間的不和而蔓延開來。猛烈的大火整整延燒了好幾天，不但燒掉了香蕉樹和紅蘿蔔，連整個東邊的森林也都燒光了。

這下子，兔子和猴子都無家可歸了。

（許玉敏）

猴子到兔子家做客，還嫌兔子給的蘿蔔味道不好，真是不懂禮貌！

兔子不也是亂丟猴子送的香蕉嗎？換做是人類，不也一樣嗎？有些人看台灣人吃臭豆腐，覺得噁心難聞；有些人聞到泰國人吃的榴槤，覺得反胃想吐，這都是因爲飲食文化不同，而產生的直覺反應。

猴子在兔子的家裡吼叫，是不是太囂張了！

猴子吼叫或兔子在水源區大便，都是他們各自的生活習慣，就像每個民族都有自己的風俗，而且都是經過多年、由祖先流傳下來的。如果雙方能體諒和接受彼此的不同，就有可能和平相處。

風俗、習慣、文化不同的族群，真的可以相親相愛成為一家人嗎？

其實並不容易。當別人和我們不相同時，我們往往不會改變自己，反而希望對方能變得跟我們一樣。要是對方不願意，有些人就會忍不住用暴力使對方屈服，這些人認爲他們是在幫助那些不聽話的人，讓他們知道什麼才是「眞正對的事情」！

就像故事中的兔子和猴子，彼此都不認爲自己有什麼不對或不好，看見別人和自己不一樣，就先否定他人，甚至想要改造或消滅對方！可想而知，這樣做只會造成衝突，使世界永無安寧之日。

文化差異所衍生出的衝突與侵略，是個複雜難解的課題，眞的需要我們以寬容心和諒解的心，一起來克服。

1+1+1…=1
族群融合，民主共治

就在爸爸忙著教我數學的時候，小妹拿著空白的台灣縣市區域圖，從餐桌另一端擠過來：「姊姊，我要畫圖！」

爲了打發她走，我從書架上拿了一盒只剩四種顏色的水彩塞給她。

「全部的縣市要很多顏色，這樣不夠！」妹妹抗議。

「可是，我就只剩這些了啊！」我不耐煩的回答。

「我要更多顏色！」妹妹還是不死心。

「其實要畫這些色塊，四種顏色就夠了。」爸爸突然對小妹說，但也對著露出勝利微笑的我說：「我是說眞的，不是在騙小妹。根據數學上四色原理，再多數目的區塊，只要四種顏色就能區別出來。」

「哦？」我沒想到爸爸是說眞的。

「這個原理背後還有一個故事，妳們想不想聽？」

「好啊！」我和小妹都很好奇。

「從前有位國王，臨終前留下一份遺囑給五位王子，告訴他們如果想各自爲王的話，可以把國土分成五份，但條件是每個國家都要和其他四國緊鄰以示和睦。國王去世後，王子們忙著分割土地，可是不論怎麼分，就是沒辦法達成父親的要求，讓彼此的土地相鄰。最後王子們打開父親留下的錦囊，裡頭一封信這麼寫著：『我的遺囑是一道永遠解不開的難題，因爲我希望你們親密團結在一起，永不分家。』」

從客廳走過來的媽媽聽見爸爸的話，又看見妹妹手上拿的台灣地圖，突然插了一句：

「團結？你們在講族群問題嗎？我實在不懂，經過兩三代的婚姻關係，我們許多人的身體裡都已經混合著來自台灣各地、甚至大陸許多省份的血統，這種分法實在沒意義！」

媽媽的話雖然和數學無關，不過因爲她看到最近電視上老是在討論選舉和族群問題，自己也有看法想一吐爲快，我們都能理解。

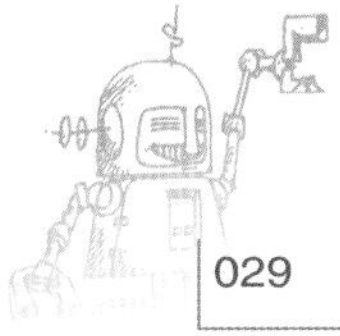

「媽媽說的有道理。就拿我們家族來說好了，外公是湖北人，外婆是台南人；我是台南人，媽媽是台北人。最近你們的表哥才剛娶了廣西太太，小舅舅也娶了越南人。我的表妹嫁給了德國人，還有別忘了，你們小姑姑的男朋友是美國人！」爸爸一口氣細數我們家族複雜的聯姻關係。

「爸爸沒提，我還沒想到呢，原來我們家早就快變成聯合國了！」我恍然大悟的說。

「所以說嘛，未來的世界透過婚姻關係的結合，自然形成種族融合。所謂的漢族就是經過數千年的融合所形成的，而我們眼中強盛的美國也是種族的大鎔爐！種族融合後自然形成國家，如果我們畫地自限，硬要分割自己的源頭，形成許多小團體，這是違反自然趨勢的。」

「難怪有遠見的人會喊出『地球村』的觀念，未來我們都是世界公民嘛！」我的眼界好像一下子開展了。

「我想到了！妹妹妳過來。」我突然想到另一個解決妹妹顏色問題的好辦法：「妳去拿水來，我們把這四種顏色調在一起，全部都塗這種顏色，就沒有幾種顏色的問題了！」

妹妹雖然老大不願意，不過她也很想知道這樣會變成什麼顏色。我猜那應該是很特別的新顏色吧！

（戴淑珍）

台北人跟高雄人結婚、本省人跟外省人結婚、客家人跟閩南人結婚……結了婚，生了下一代，族群自然融合了，再也沒什麼好分的。

是啊，經過長時間的種族融合，文化也會跟著融合，久而久之就沒有族群問題了。

可是現在社會上還是有不同的族群，而且往往有不一樣的聲音，這樣不是很麻煩嗎？

所以才要有民主政治啊！有不同的聲音，沒什麼不好，反而能讓我們學習彼此尊重，尊重別人就是民主政治的最基本精神。例如我們可以不信上帝，但至少不該拿石塊去砸教堂的玻璃；不信神明，但至少不會去搗毀廟裡的神像。不同的聲音，只要彼此協調得當，反而可以奏出豐富的音樂呢！

原來世界大不同

以好奇之心，體驗異國新鮮事

這個月是學校的「國際月」，老師為了增廣我們的見聞，每週都會找來一位演講者，請他跟我們分享異國生活和文化的體驗。

今天這一堂課小玲特別興奮，因為演講的人正是她的大姊。大姊曾經去新疆自助旅行、在紐西蘭唸書，也曾在加拿大的溫哥華工作過。老師聽說小玲的大姊有許多在異國生活的經驗，就透過小玲邀請大姊到班上演講。

大姊首先講述她在新疆自助旅行的經驗：

「那是我第一次出國，而且正是六四天安門事變發生的當時，我還莫名其妙被抓進縣公安局審問呢！不過印象最深的還是從中巴邊境的喀什到北邊的伊寧，我坐在小飛機上往下望，牧民搭起的白色氈房像蘑菇一樣，散落在一望無際的綠色草原和山谷裡，以前在課本上讀到中國地大物博，那時的體會最深刻！」

大姊放映著幻燈片，映入眼簾的包括牽著小羊到市場買賣的維吾爾族人、騎在驢上的哈薩克族牧民、羞澀的塔吉克族少女、遮著面罩的回族婦人，這時，老師以前介紹新疆地理時說的種種，突然都變得具體起來了。

「到紐西蘭唸書又是不同的文化體驗，因爲那裡的法律、語言和生活習慣，都跟台灣的不一樣。」大姊拿出紐西蘭的地圖和照片給我們看：「我還記得住進公寓不久，廚房的警報器因爲亞洲學生炒菜引起的油煙常常警鈴大作，後來房東爲了配合我們的炊煮習慣，還調整了警報器，讓我們可以安心做飯！」

大姊滿臉笑意的聊起有趣的往事，也展示她和紐西蘭朋友們的合照。

「雖然有些地方不太適應，不過紐西蘭的環境優美，眞的令人印象深刻。記得有一次，我們拜訪毛利族，在山上的小溪裡就著月光划船，在月光下還能看見溪底的游魚呢！」大姊回味無窮的說。

「眞的嗎？像這麼乾淨的溪流，在台灣根本不可能看到嘛！」同學異口同聲的說。

「旅行可以讓我們發現不同的世界，體會別人的優點並包容彼此的不同，這就是旅行最大的好處！」大姊接著問大家：「說說看，你們最想去的地方是哪裡呢？」

「我最想坐在巴黎街頭喝咖啡！」喜歡浪漫的如萍說。

「我想到希臘，看看那裡的天空有多藍！」阿雅常說她以後要到世界各地去流浪。

「我想到阿拉斯加體驗極地生活！」常搗蛋的炳強最愛冒險了。

同學們七嘴八舌的說出自己的夢想，至於想去的理由則千奇百怪，有人因爲好奇，有人因爲有親戚住在那裡。大家愈談愈興奮，只可惜因爲時間有限，就在下課鈴響之際，不得已打住今天未完的話題。

「今天的演講眞有趣！」下課後阿雅對小玲說。

「是啊，我已經等不及要聽下星期的演講了。」小玲說。

下週的主題是什麼呢？聽說那是有關原住民的故事，演講者是一位攝影家，曾經到非洲和大洋洲拍攝原住民的生活，小玲和同學們都期待透過這位攝影家的鏡頭，再次神遊於不同的國家和文化呢！

（戴淑珍）

mook

真希望有一天我也能像小玲的大姊一樣，到世界各地旅行，增廣見聞！

科技的發達使得世界若比鄰，周遊列國已經不是難事了。古人說：「讀萬卷書，行萬里路。」以此鼓勵人們多見多聞。如果有機會，我們的確應該到各地旅遊，比較自己文化和別人的差異性，看看外面的世界，心胸也會更開闊！

旅遊很好玩，但是文化交流有什麼好處呢？

唐朝時，東方和西方藉由絲路交流，帶來大唐帝國的繁榮和強盛；元朝時，威尼斯商人馬可波羅將自己在中國的所見所聞寫成遊記，刺激了後來歐洲人的航海探險。文化的交流往往有正面意義，而且影響非常深遠，透過文化的相互激盪，也許不久的將來我們就會有另一個偉大文明誕生呢！

讓人又愛又怕的魔豆

謹慎看待基因改造食品

鮑伯是一個快樂的美國農夫，擁有一片廣闊的黃豆田。他愛死黃豆了！因爲黃豆不但養活他全家，也確實是一種很棒的食物，富含營養，而且可以加工製成多種食品。

鮑伯的鄰居們也多半種植黃豆，工作之餘，農夫們偶爾會在小酒館裡聚會聊天，並交換種黃豆的心得。

由於大片的田地都種植黃豆，爲了防止病蟲害一發不可收拾，通常都要使用農藥來控制。農藥、肥料的選擇，也是鮑伯常和鄰居閒聊的話題。

最近有件事情讓鮑伯覺得很煩惱。

「我田裡的雜草太厲害了，長得又快又多，這樣下去黃豆的營養都被搶光了！你們有沒有什麼辦法？」坐在酒吧前的鮑伯皺著眉，很苦惱的說。

「你試過除草劑了嗎？」有個鄰居問。

「有啊。可是用量少時沒效果，一旦用量多到可以殺死雜草時，我的黃豆也奄奄一息啦！」

「那眞是糟糕。」

「我去年也被雜草害得很慘哪！」彼得說：「不過啊，今年已經完全沒問題了！」

「你用的是哪一種除草劑？」鮑伯急著想知道。

「明天你來我的田裡看看，到時我再告訴你答案。」彼得故意賣個關子。

第二天，除了鮑伯，其他農夫也好奇的來到彼得的黃豆田裡一探究竟。

「你們看！彼得的田裡不但沒有什麼雜草，而且黃豆長得茂密又健壯，他今年一定會大豐收的！」

「他到底是施了什麼魔法呀？」農夫們又羨慕又嫉妒，「難不成他的豆子跟我們的不一樣？」

彼得哈哈一笑，說：「的確不一樣！因爲我的豆子是基因改造過的。」

「基因改造？」

「去年我的收成眞的很慘。正當我一籌莫展的時候，有人跟我推銷這種新的黃豆，它是科學家改造過的『抗除草劑品系』。當我噴灑除草劑時，雜草會死光光，黃豆本身卻不受影響；除此之外，黃豆的產量也比原種的高。看來我今年一定可以把去年虧的都賺回來！」彼得愈說愈起勁。

鮑伯聽了很心動，問彼得今年收成後可不可以分一點種子給他。

彼得搖搖頭：「這種豆子沒有繁殖力，只能每年重新購買。」

「只能跟商人買？哼！這些商人就是會賺錢。」

不過鮑伯後來還是跟彼得一樣，改種了基因改造的黃豆，而且因爲效果很好，其他農夫也紛紛跟進，只剩下少數人覺得基因改造怪怪的，堅持還是「自然的比較好」。

就這樣過了幾年，原本繁茂的黃豆田裡突然出現了一種不怕除草劑、生命力強悍的雜草。這種草不知怎麼得到了黃豆改造過的基因，加上自己的突變，成了難纏的「超級雜草」，不只在黃豆田裡橫行無阻，勢力範圍還不斷擴大到其他的農田。

晚上，農夫們又聚集在小酒館裡。

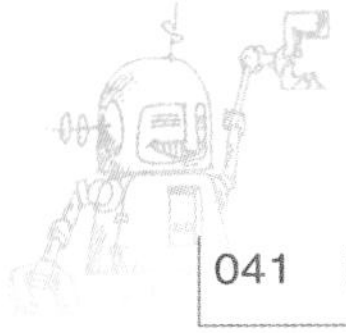

「這下出現新麻煩了！」鮑伯說。

「只好等科學家推出『升級版』的基因改造黃豆啦！」彼得說。

「還能怎麼辦呢？」沒人知道該怎麼辦。

「喂！當初不是說改造的基因不會影響到其他物種的嗎？」一直堅持種植自然黃豆的農夫這下子急了：「那我的黃豆會不會也已經含有改造基因了？」

（薛文蓉）

經由基因改造，農作物就能自己抵抗病蟲害，這樣不是很棒嗎？我還聽說現在已經研發出能對抗狂牛症的基因改造牛呢！

雖然我們可以改變農作物或牲畜的基因，但是病蟲害或病毒也會跟著不斷改變，捲土重來。而且基因改造食品因爲成分改變，某些過敏體質的人可能不宜食用。

我們平常吃的豆腐、豆漿，是不是用基因改造的黃豆做的？

很有可能。基因改造食品已經漸漸進入每個人的生活中，不過爲了確保消費者的權益，現在產品的包裝上都必須標示是否含有基因改造成分。

如果不願意吃基因改造食品，購買時可要睜大眼睛看仔細哦！

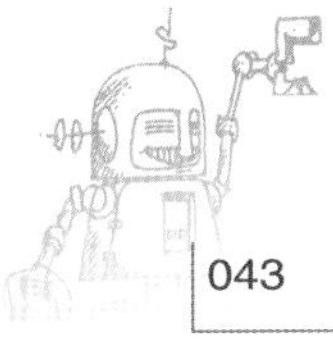

失落的拼圖

適應家庭變動，攜手再出發

「啪噠、喀啦、咑！」轉開大門的三道鎖，再打開裡面那道銅門。志奇心想，今天自己又是第一個回家的人了。

他走進玄關，脫下球鞋，卻發現爸爸的鞋子已經擺在那兒了！而且還聞到廚房飄出了陣陣紅燒魚的香味。

走過飯廳，果然看到餐桌上已擺好他喜歡吃的酥炸排骨和鳳梨蝦球。他知道這些菜不像料理包那麼方便，是要花功夫和時間慢慢做的。一個不會做菜的男人，要做出這些菜眞是不簡單。

「今天是什麼日子？」他心裡發出了疑問。看來爸爸今天提早回家，還特別做了這些菜。

爸爸在廚房裡喊著：「志奇，你回來了啊！」

「嗯。」他頭也不抬的就朝房間走去。其實是他心裡有點無法適應，爸媽都離婚三個月了，他還是不習慣看老爸在廚房忙得團團轉。

「要幫忙嗎？」志奇換掉衣服，走進廚房。明知自己幫不了什麼，還是開口問一下。

「不用，不用，等我再弄個魚湯，馬上就可以開飯了。」爸爸已經忙得滿臉都是汗。

好不容易父子倆終於坐到飯桌前，享用這得來不易的一餐。爲了做這幾道菜，爸爸不但燒乾了炒菜鍋，而且整個廚房好像被颱風颳過一樣，眞是慘不忍睹。

「唉，早知道以前就多練習，想不到弄一頓飯，這麼難。」爸爸對志奇苦笑著說。

「爸，晚餐隨便吃吃就好了。其實買便當就行了。」志奇沒什麼表情。

「嘿，兒子啊，今天是你生日呢！怎麼可以吃便當？該不會你連自己的生日都忘了吧！」爸爸拍著他的肩膀。

志奇雖不想讓老爸白費苦心，但他還是得說實話：「爸，今天不是我的生日。」

「啥？是今天啊！我沒記錯啊！你出生那天，我帶著你媽飛車趕到醫院，你媽……」說到這裡，爸爸喉嚨突然鯁住似的，「反正沒錯，就是今天。」

「可是，媽媽都是替我慶祝農曆的生日。爸，你都沒發現嗎？」

爸爸尷尬的抓抓頭，笑著說：「真的嗎？哈哈，看來我這個爸爸真是不及格，居然把兒子生日都弄錯了。」

「嗯，你上次還記錯日期，親師懇談會也沒來。」

「還有，爸，你常忘了簽我的聯絡簿。」

「是啊，兒子，老爸做的蠢事可真不少哦！」

志奇看著一桌子的菜，他奮力的扒了幾口飯，當作回答了。

「嘿嘿，給老爸一點面子嘛！有件家事我做得還不錯啊。」

「什麼啊？」志奇塞了滿口的鳳梨蝦球，瞪大了眼看著爸爸。

「至少，我們兩個臭男生的衣服，我都洗得很乾淨呢！而且我也學會燙襯衫了。」

志奇雖然很想說，用洗衣機洗衣服當然乾淨，但看到爸爸得意的樣子，他突然想到老爸好像自從和媽媽分開後就不曾露出笑容了。

班上也有同學和他一樣是「單親家庭」，他們在學校裡常常打打鬧鬧，一起去籃球場「鬥牛」。以前爸媽還沒離婚，他從沒想過，這些同學回到家後，面對少了一個人的家，心裡的感覺到底是怎樣？

但是自從爸媽分開後，他開始懂得這種感覺了。就好像一盒拼圖少了一片，你一定會注意那空缺的位置；就好像一下子你就必須長大，要強壯到當另一個大人的支柱。有時當爸爸不說話時，志奇覺得自己幾乎可以聽到他心底的聲音呢！

就像他現在，想也不想便抬起頭來對爸爸說：「嗯，我也學會自己洗球鞋了。」

爸爸聽到志奇的回答，嘴角揚起了欣慰的笑意。

（凌明玉）

為什麼有些人的爸媽要離婚呢？

婚姻和其他的人際關係一樣，都需要彼此持續付出才能長久維持。有些夫妻經過一段時間的相處，發現彼此個性不相容或相處有困難，而決定分開。結束婚姻關係，往往是不得已的事。

聽說離婚率愈來愈高，這是怎麼回事？

過去人們認爲離婚是很不好的事，現在則有愈來愈多的人覺得婚姻不能勉強，夫妻之間如果眞的處不來，不應該委曲求全，所以離婚的比率也愈來愈高了！

我的爸媽會離婚嗎？爸媽離婚，是不是不管我們小孩了？

父母沒有不希望好好照顧自己孩子的，但有時受到其他因素的干擾，例如夫妻爭吵、工作遇到挫折，而無法顧及孩子的感受。像有時爸爸發脾氣罵人，並不是因爲我們眞的不乖，而可能只是因爲他剛剛被交通警察開了一張罰單，心情不好的緣故。

父母離婚是很遺憾的事，但也往往無可奈何，我們不必覺得是自己的錯。即使父母離婚，結束了婚姻關係，親情仍然是存在的，只是全家人都得適應這個改變。

爲了適應這種改變，單親家庭的小孩通常顯得比較獨立、成熟，也都學會照顧自己，但別忘了他們也很需要旁人的鼓勵和支持，才能有重新出發的勇氣！

不再和寂寞對話

打開心門，讓愛交流

曉倩想起剛剛發生的糗事，不自覺的笑出聲來。

「我眞是糊塗蟲啊！今天又不必上英文，居然還跑到補習班去。還好沒有同學看見我鬼鬼祟祟『逃走』的樣子。」曉倩心裡這麼想著。不過今天沒看到英檢班的同學雯雯，她還是有點失望。因爲她的書包中躺著一本和雯雯的交換日記，本來想快點看雯雯那本日記的。

「不知道Pipi生小狗狗了沒？好想去找雯雯哦！眞討厭，今天爲什麼不用上英文嘛！」

班上的同學都非常痛恨下課後的補習時間，曉倩卻不同，她總是期待著在回家的路上和雯雯天南地北的閒聊。有時她甚至有點嫉妒雯雯，因爲雯雯有個妹妹，還有一隻可愛的雪納瑞Pipi，而且等Pipi生了小狗後，她家就會變

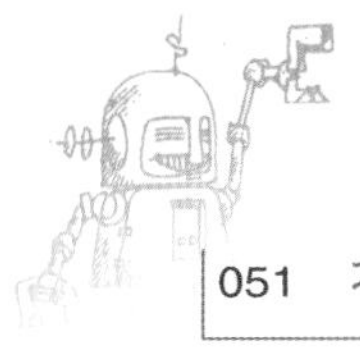

得更熱鬧了。

「雯，一定不懂什麼叫做寂寞吧！」曉倩邊走邊踢著石頭，石頭兩三下就滾到水溝蓋的縫隙中了。她輕輕的嘆口氣，心想，連一塊石頭也不願陪她回家，眞是無趣。可以比平常提早兩個小時回家，按理說應該要覺得輕鬆，曉倩的腳步卻不禁沉重起來。

一到傍晚時分，曉倩就會想起讀國小時，待在安親班等媽媽下班來接的情景。雖然現在已經讀國中了，光是課後輔導加英數補習就讓她忙碌不堪，她偶爾還是會想起在安親班中和同學一起寫功課、一起下棋廝殺或分吃科學麵的回憶，那時，似乎不像現在這樣寂寞。那麼，一定有什麼東西悄悄的改變了吧！

曉倩回到家後，媽媽果然已經在做晚餐了。

「咦？倩倩，妳進門像隻貓咪，媽都沒聽見呢！」媽媽從廚房探出頭來，一邊將濕漉漉的手抹在圍裙上。「怎麼啦？嘟個嘴巴？今天不是沒補習嗎？比較晚回家哦！」

「沒什麼啦，我繞到書店去買文具。我進去做功課了。」曉倩不想多解釋。她眞不喜歡當獨生女的感覺，因爲爸媽的注意力都集中在她一人身上，只要晚一點點回家都不行。曉倩現在只想進自己的房間去，打開電腦看雯雯是否在線上？

一打開電腦，雯雯果然在線上等她很久了！兩人熱烈的用即時通交談，雯雯說，Pipi今天生了，有四隻小狗狗，超級可愛，可是Pipi變得兇巴巴，都不讓人摸小狗呢！雯雯還問曉倩要不要養一隻小小Pipi？她對著螢幕上雯雯傳來的狗狗照片咯咯的笑著，彷彿已經看到小狗在家裡奔跑的模樣，絲毫沒發現媽媽正站在她身後。

「倩倩，聊什麼啊？這麼開心。」媽媽微笑的問。

曉倩慌亂的將滑鼠一點，就匆忙下線了！她不知道自己爲什麼要這麼緊張，媽媽也知道她時常和同學玩即時通啊！

媽媽覺得曉倩最近似乎有什麼煩惱，便搭著她的肩說：「我不是故意要看妳們聊天的內容啦，瞧妳緊張的。對了，爸爸回來了，飯菜也做好了，我們去吃飯吧！」

「媽，我們可不可以養一隻小狗啊？」曉倩突然鼓起勇氣提出養狗的要求，因爲她小時候有嚴重的氣喘，所以爸爸並不贊成在家裡養寵物。

「倩倩，媽知道有時妳一個人很寂寞。嗯，現在妳也長大了！妳可以自己爭取想要做的事啊！不要什麼事都悶在心裡。走吧，先吃飯，待會兒我們就和爸爸一起討論養狗的事。」

（凌明玉）

妳看過《簡愛》和《清秀佳人》這兩本書嗎？書中的主人翁簡愛和安妮都是孤兒，她們剛好和曉倩相反，都十分渴望家庭的溫暖，哪怕只是一個暫時棲身的家都好。相較之下，曉倩擁有一個幸福完整的家，心裡卻覺得寂寞。

我覺得當獨生女才好呢！像我有姊姊和弟弟，不但要學姊姊懂事、用功，又要當弟弟的好榜樣，真是煩死了！為什麼爸媽一定要拿我跟兄弟姊妹比呢？

父母在教養孩子時，對生活習慣、品行都是一樣的要求，有時難免忽略了年齡和個性的差距，使孩子感到不舒服。但是別擔心，上了國中、高中後，每個人都會發展出自己的個性，相信父母也會調整自己，更尊重每個孩子的獨特性。

近年來生育率下降，許多家庭都只生一個孩子，獨生子女沒有兄弟姊妹當玩伴，在家中難免覺得寂寞，除了可以多多參加學校的活動，結交好朋友，也可以多和父母溝通，關心彼此！

一起來跑家的接力賽

男女平權，何妨角色互換

「小威！你的髒衣服、臭襪子趕快拿出來，我要洗衣服囉！還有你的房間亂得像被颱風颳過一樣，好歹整理一下啦！」

「哦。」

小威一把將房門帶上，把嘮嘮叨叨的聲音關在門外。這個碎碎唸的人，是他的爸爸。

小威將自己重重的丟在床上，一手抄起了籃球，朝著房門上的籃框投球。咚、咚、咚。

他想起不久前和爸爸奔馳在籃球場上痛快廝殺的情景。唉！不知要到什麼時候才能再和爸爸一起打球？

爸爸最近辭職，準備換工作，大部分時間都在忙著應徵，如果還有空閒，就分攤家務。

看爸爸圍著紫色碎花圍裙在廚房做菜的樣子，小威覺得非常不習慣，爸爸的動作有點笨拙，做的菜也不太好吃。

雖然以前媽媽加班時，爸爸也會客串下廚，煮個麵或水餃來給小威吃，但自從他沒上班後，似乎一手包辦了所有的家事。而且媽媽最近好像還升職了，變成什麼業務經理！

昨天吃飯的時候，小威聽見爸爸對媽媽說：「眞的啊！妳終於升上去了。以後呢，妳主外，我主內，我們乾脆換換位置吧！」

小威聽到爸爸這麼說，一口飯差點沒噴出來！可是爸媽兩個人卻笑得十分開心呢！

叩、叩、叩。爸爸在敲門。

「小威，你房間整理好了沒？我要進來囉。」

小威繼續躺在床上，裝作沒聽到。

「小威啊！」爸爸索性直接開門進來。

「哎喲！爸，你幹什麼啦！不要用掃把弄我，很髒耶！」

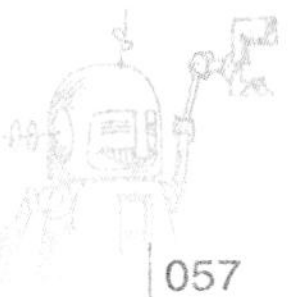

「啊哈！原來你在裝睡。髒？我看你的房間才髒咧，快點收一收。你也要學著照顧自己嘛，都是個大男孩了。」

聽爸爸嘴裡說著原是媽媽常說的話，小威覺得快要抓狂了。平常小威也會做家事啊！例如拆洗電風扇、把地板打蠟，還會弄蛋炒飯和蛋花湯，可是這不一樣。

小威一邊想，一邊動手收拾，他心裡忍了很久的疑問終於湧到喉嚨了：「爸，你眞的要變成『家庭主夫』嗎？你不找工作了嗎？」

小威的問題讓爸爸嚇了一跳。

他放下掃把，認眞的看著小威說：「爸已經在找工作啦！你在胡思亂想什麼啊？」

「可是，昨天你不是跟媽說要留在家裡嗎？什麼『主內』，又是什麼交換位置的？」

爸爸一聽，哈哈一笑：「嘿，兒子啊！你想太多了。老媽升官，是她多年努力有成，現在當上重要主管，責任更重了。而我最近剛好要換工作，既然有時間就多分擔家事。其實，我和媽媽不過是交換位置，分工合作，這個家才不會受影響啊！」

「哦，我知道了。我只是……只是覺得，爸最近都沒和我一起去打球了。」說完後，小威突然有鬆口氣的感覺。

平常小威也和同學在球場打球，但最近就是覺得有些不對勁。對了！就是那種分享的感覺。

每當他投進一個三分球，或是英勇的飛身上籃，小威總是迫不及待想和爸爸分享那「歷史性的一刻」，聽爸爸爲他歡呼、喝采。可是最近老爸卻在球場上缺席了。

「哦，這個好辦！」爸一手就抄起腳下的籃球，「那我們現在就去公園的球場鬥一場，怎樣？你老媽今天要加班，沒那麼快回家。不過，你可要小心了！我要好好驗收，看你的球技進步了多少？」

小威看著手中轉著籃球的老爸，突然覺得放心多了。看來這個爸爸還是和他以前所喜歡的一樣，一點也沒變！

（凌明玉）

以前的家庭，多半是爸爸出外工作，媽媽在家操持家務，但現在不同了，許多家庭都變成「雙薪家庭」，爸爸和媽媽都有自己的工作，也一起分擔家務。

我媽媽也是「職業婦女」，所以沒時間天天做飯，我常常中午吃便當，晚上也吃便當，最高紀錄是一星期有四個晚上要吃便當呢！其實小威的爸爸真好，還做飯給他吃。

小威的爸爸暫時不上班，願意主動承擔家務，這是體貼家人的表現。對小威來說，爸爸的改變或許讓他很不習慣，這時更要多溝通，讓彼此了解各自的規劃。

我爸爸從來不進廚房的。要是他做菜給我吃，我還真有點不習慣呢！

現代男女的角色已經和過去大不相同了！家務不再是媽媽一肩挑，賺錢也不完全是爸爸的責任，家中每個人的付出都變得很重要。

當家人的工作或學業有所變動，其他人不妨給予關心和支援，相信家庭會更和諧、更圓滿！

王千睿

談設計未來社會

了解過去，才能掌握未來

（李美綾）

王千睿，輔大應用美術系畢業，曾赴德國進修工業設計，並曾於保時捷汽車設計中心負責車體設計。返國後曾任職工研院電通所、宏碁電腦，後進入明基電通，擔任設計總監，致力於提升產品內涵，打造BenQ成為國際性的品牌。

圖片提供／BenQ

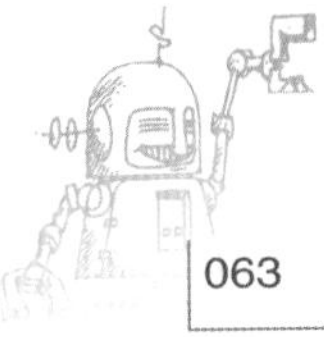

二〇〇四年BenQ有七項產品獲得德國漢諾威iF設計大獎，得獎的理由為何？

國際的設計大獎絕不會只注重外觀設計，而BenQ設計的重點其實就是在於提供solution（解決方案），這也是我們和國內許多科技廠商設計定位比較不同的地方。

舉個例，平價的掃描器現在算是很普及的產品，價格不高，彼此差異性也不大，但我們特別注意消費者在使用掃描器時可能會遇到的問題。我們發現，我們的使用族群多半是家庭、Soho族或企業，使用頻率並不高，而且通常是好幾個人會共用一部。掃描器比較佔空間，而且因爲不常用，上面常堆滿了物品，要用的時候才搬來搬去，這時最容易發生找不到連接線或驅動程式的情況。

了解這些問題點後，我們提出了解決方案。像這次得獎的產品Scanner 5250C，就是用架子的觀念將掃描器給立起來，讓使用者可以更有彈性的運用空間，而且架子上規劃了連接線和驅動程式的收納空間。這些設計對消費者來說都是非常貼心的考量。

BenQ的設計角色和以往資訊產業不同的地方在於，我們的設計程序是走在開發流程的最前端，設計人員要針對消費者的需求和期望來設計產品，希望讓消費者對產品在感性及理性的訴求上產生共鳴。因爲當科技技術發展成熟之後，我們會發現科技終究只是一種工具，決定科技未來發展方向的還是在於人的價值觀，因此在設計思維上必須以人爲出發點。

設計人員應如何找出消費者的需要？

我們是利用量化或質化的研究來了解消費者。不過有些需求和期望，是連消費者自己都說不上來的，也就是未知的期望，因此有時要用特別的觀察與分析方法。

例如我們將消費者使用產品的過程錄影下來，發現他在操作某項功能時，停頓了兩、三秒鐘猶豫，這就表示在人機界面上有不盡清楚的地方。把這些細微的問題整理出來，才能進一步思考解決的方法。

我們也會注意以及體驗全球各地消費者的需求有什麼不同，例如在印度，人們也會想替手機換殼，但換殼的目的跟台灣人不一樣。台灣人換殼是爲了搭配服裝，講求變化。印度人則因爲手機在當地相對價值較高，舊了捨不得換，而希望透過換殼來重現新穎的感覺。

現在的產品已不再只是用品，而是一種生活方式和品味的象徵。造型不是美美的就好，還要看是否符合目標族群的美感經驗。就像手錶不只用來報時，手機也不只是用來通訊而已，它可能還有show off（自我展現）的目的。因此，了解消費者感性與理性的需求、社會的脈動、科技發展的趨勢等等，就相對變得很重要。

如何了解趨勢？

如果我們想掌握未來，就必須了解過去。因爲每個時代的社會背景和型態，都會影響到當下的思維與觀念，在藝術上則透過了不同的藝術形式（文學、美術、音樂、雕塑、建築、舞蹈、戲劇……）來展現這些想法；了解過去社會型態的變化而產生的詮釋方式，將可以藉此推演在未來的社會脈動下，所可能產生的偏好。尤其生命週期較長的產品，更須考慮到未來趨勢的變化，否則等到產品上市時，設計就已經過時了。

要了解消費者、了解社會，我覺得人文的素養很重要；從事設計工作，必須對人、對人所身處的社會有夠高的敏感度。

您覺得創意是可以訓練的嗎？

或許某一部分的創意是可以被訓練的。以德國設計教育爲例，德國人很理性，強調解決問題的方式以及邏輯思考，他們的創意一部分是被訓練出來的，而義大利人的創意則是靠天份的成分較多。

其實創意不只是發揮在產品使用及市場行銷上，還可以應用在運籌管理的每個環節，例如一部液晶電腦螢幕是一個螢幕再加上底座，因爲形狀體積的關係，往往必須用足夠大的包材才裝得下。經過創意發想，我們設計了可以收放的底座，只要把底座收平，所用的包材只要原來的二分之一，使運送、倉儲的成本都降低了許多，而且消費者拆開安裝時，也覺得更爲順手了。

夢想就要成真

真希望有機器人可以幫我做功課！

原來靠幾根毛髮做檢測，就可以找到兇手！

爺爺那麼老了，學電腦學得來嗎？

表姊已經有工作了，為什麼還要考大學？

用網路的搜尋引擎，什麼都查得到耶！

網路上文章那麼多，抄一些在作業上不行嗎？

補習、學電腦、學小提琴……真是忙不完！

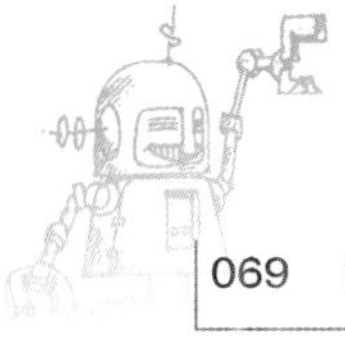

我能爲您服務嗎？

有請未來的隱形僕人

二十年後的某個星期五傍晚，小玲像往常一樣下班後踏進家門。一進門，家中的電腦系統就知道她回來了，於是自動打開電燈，播放小玲最喜歡的音樂。事先裝好米的電鍋也開始加熱煮飯，煮排骨湯的燜鍋也啓動開關。

當小玲走進房間，客廳的吸塵器自動從打開的櫥櫃裡伸出來，開始吸塵。小玲愉快的跟著音樂哼唱，打開衣櫥，拿出換洗衣物準備洗澡。

一踏進浴室，蓮蓬頭三秒後自動開啓，調到小玲最喜歡的溫度。她在喜愛的音樂聲中，洗了個舒服的澡。

洗完澡，客廳的吸塵器已經把地板打掃乾淨，自動縮回櫥櫃內。小玲又按下了牆上面板的幾個按鍵，臥室和浴室裡的吸塵器就立刻開始打掃臥室和浴室的地板。

「我回來了！」是小玲的兒子放學回家了。他在門外喊了一聲，讓電腦掃瞄他的指紋後，大門便自動開啓。兒子放下書包，打開電視，收聽朋友的留言，畫面上還有朋友的影像。看完社區新聞，又玩了一下子的線上遊戲，他走進廚房，打開冰箱，冰箱螢幕上顯示沒有牛奶了，而且罐子裡的涼拌小黃瓜已經過期，應該扔掉了。

「媽，我們什麼時候去採買呢？」兒子從冰箱拿出飲料，瞄了一眼冰箱螢幕上顯示的一串採買清單。那是家裡的日常用品，當他們把東西買回家或用掉時，只要在電腦前掃瞄條碼，電腦就會儲存資料並管理，統計哪些東西用完了或是該丟掉了。

「今天是星期五，吃完飯我們就出去逛街吧！」小玲對兒子說。

爲了算好炒菜時間，讓一家人有熱騰騰的晚飯吃，小玲打開電視，螢幕顯示路上的交通狀況，今天市區塞車，先生還有四十分鐘左右才會到家。

「爸爸今天會晚點回來，你先去洗澡吧。」小玲告訴兒子。

在兒子洗澡的同時，小玲走進自己的房間，在衣櫥的螢幕上按了幾個按鍵。電腦根據小玲的喜好設定和今天的天氣狀況，找到她最喜愛的外出服及

TV

放置地點。小玲很快找到衣服，便走出房間，優閒的打開電視。

電視自動幫小玲選定了最喜歡的節目，她一邊看著電視，一邊想：「飯煮熟了，湯也好了，只需要再炒一盤青菜就ＯＫ。像這樣輕鬆的週末，我最喜歡了！」

（戴淑珍）

未來的世界真的這麼方便嗎？這是不是有點誇張呢？

現在有一種技術叫做FRID（射頻系統），可以幫我們實現這些遠景。以後我們家中所有的電器、傢俱都可以互相連結，透過中央控制系統來操作，例如電視、音響、冰箱、冷氣……都可以變成相連的資訊網。

所以大門一打開，電腦就會傳送訊息到相連的音響、冷氣或其他設備，開啟電源，是不是這樣？

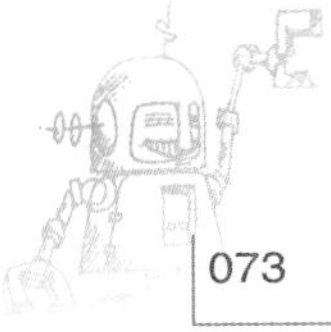

原理就是如此。整個中央控制系統就像虛擬的管家，它會根據事先設定的指令開啓或關閉，還可以替我們「思考」，提醒我們該做的事，例如記錄冰箱中有哪些食物、建議購物的品項、幫忙找出適合的服裝款式。

如果真是這樣，未來的生活就太方便了。

是啊，如果家裡的資訊網絡可以和外界相連，那功能就更強大了。比如和社區的系統相連，只要車子開進社區，家裡的中央控制系統就會啓動；打開家裡的電視，就可以看見社區的公告或各種繳費的通知。

聽起來好好玩，好期待哦！

未來的機器會變得更「聰明」、更「體貼」，帶給我們更多的便利！

細胞裡的身分證

基因檢測讓身分無所遁形

在一個被警方封鎖的兇殺案現場，刑警從死者緊握的手中找到了一根兇手的頭髮。將這根頭髮進行蛋白質和髮質的鑑定後，鑑識人員斷定這名兇手絕對不會超過三十歲。於是有著一頭烏溜秀髮的四十歲美女，獲准穿越封鎖線，從容離開現場。但就在她離開後不久，警方顯然又發現了什麼，開著警車追了上去……

這是一個洗髮精廣告的情節，廣告中的女主角已經超過四十歲了，但是她用的洗髮精可以讓她的頭髮變得年輕亮麗，判斷不出正確的年齡。不過後來警方還是懷疑她涉有重嫌，很可能是對那根頭髮進行了所謂的「DNA指紋檢測」吧！

DNA就像手指頭上的指紋，每個人都是不相同的。全世界六十億人口中，沒有任何兩個人的指紋是完全相同的，即使雙胞胎也不例外。而人體細胞中的DNA也是獨特的，沒有任何兩個人的DNA完全相同。

在人體細胞的細胞核內，除了主要的DNA，還有一些比較細碎的「衛星DNA」，衛星DNA和主要DNA相互纏繞著，在進行相關檢測時就會形成複雜的圖樣，這個圖樣就是「DNA指紋」。

利用DNA指紋圖樣來鑑定DNA的技術，是在一九九五年以後才開始蓬勃發展的。

在DNA鑑定的技術普及之前，警方辦案最重視採集指紋，只要能找到兇手在現場留下的完整指紋，通常不難破案。至於兇殺案現場留下來的血跡，只能用來檢驗血型等基本資料，對破案的幫助不怎麼大；至於遺留的毛髮，可用以推斷兇手的髮色、髮質，但也不能作爲百分之百的證據。

可喜的是，自從人們發現可以利用DNA指紋判定嫌犯的身分後，DNA鑑定的技術便突飛猛進，不僅檢測的速度加快了，結果也十分可信。例如在美國總統任內發生婚外情的柯林頓，原本在法庭上一直矢口否認，但後來警方在女生的衣服上採集到殘留的精液細胞，並經過DNA檢測，讓他再也賴不了帳，案情也因此急轉直下。

除了偵辦刑案，DNA指紋檢測更常應用在親子關係的認定。既然小孩的DNA不是來自爸爸，就一定來自媽媽，所以從父母和孩子身上都抽出一點點血來檢測，只要小孩的DNA上有任何一段基因不屬於爸爸或媽媽，就可以知道孩子的父母親身分並不如想像中那麼單純了！（倪宏坤）

頭髮不是死掉的細胞嗎？也可以進行DNA指紋檢定嗎？

頭髮確實是死亡的細胞，裡面的細胞核或所含的DNA都不完整，並不能拿來做檢測；不過，髮根部位的毛囊並不是死細胞，所以含有新鮮完整的細胞和DNA可供檢測。如果想要留下可以指認兇手身分的證物，只要扯下兇手的一小撮頭髮就可以啦！

DNA指紋檢測和「基因」檢測，有什麼不一樣嗎？

我們常聽人說的「基因」，其實就是由DNA構成的。DNA是一種很長、很長的分子，形狀像繞成麻花的長梯，梯樑千篇一律，所有的變化都在梯階上，因爲梯階是由四種小分子（簡稱A、T、G、C）所構成，無數的小分子以不同順序排列，可以排出無限的組合。既然DNA序列組合不同，基因自然也不一樣囉！有些基因在不同人身上有很明顯的差異，做DNA檢測時，去分析這些基因，就能找出A、T、G、C四種小分子序列組合的差異，藉以判斷主人的身分。

DNA指紋檢測絕對不會出錯嗎？

DNA指紋檢測的正確性很高，但也不能說完全不會出錯。有時候，蒐集到的細胞太少，以至於DNA的量也很少，檢測的時候，是有可能顯出錯誤或偏差的結果哦！

曉萍的畫展

人生的路不是只有一條

下課後回辦公室想喝口水，還沒坐下就看到有張卡片躺在桌上。打開來看，一個陌生的名字躍入眼簾——張曉萍。

「奇怪，我好像不認識這個人，爲什麼會寄邀請卡給我呢？而且還是個畫展。」我喃喃自語著。

「嘿，林老師，看什麼這麼入神，口中還唸唸有詞。」有人拍了我一下肩膀，回頭一看，原來是隔壁班的陳老師。

我告訴她邀請卡的事，沒想到陳老師竟然說：「林老師，妳忘了呀，張曉萍是妳以前的學生啊！三年前她媽媽來學校替她辦轉學，我還跟她說上幾句話呢！」

陳老師的話打開了我的記憶匣。沒錯，張曉萍是我的學生，我所以對她

印象不深刻，是因爲她的功課並不突出，甚至常常吊車尾。印象中，張曉萍上課總是不專心，經常低著頭在課本或簿子上塗鴉，爲了這個原因，我曾找過她母親來學校談話，也才知道原來曉萍的感覺統合失調，所以學習能力比一般人差。

學期末的某一天，曉萍的母親突然來學校，原來他們要搬家了，所以來辦轉學手續。記得最後話別時，曉萍的母親曾憂心的說：「唉，曉萍假如書都唸不好，那她還能做什麼啊！」

「可能高中都沒法畢業呢！」我心裡這麼想著，不過想起有次看到曉萍把同學上課的情形畫得維妙維肖，我下意識的說：「曉萍好像很喜歡畫畫，不如讓她去學畫吧！」

「是呀，曉萍曾經幫我畫過一張畫，我覺得眞的很不錯耶，說不定以後曉萍眞的可以成爲一位出色的畫家哦！」陳老師就是那時候和曉萍母親說過話，所以留下印象。

曉萍轉學後，我仍然過著忙碌的教學生活，很快的就把這個學生忘得一乾二淨。沒想到曉萍眞的有繪畫天份，才三年就嶄露頭角。

收到邀請卡的當天晚上，又接到曉萍母親的來電。她表示，曉萍可以開畫展完全要感謝我，並請我一定要參加開幕茶會。

當天茶會開始後，曉萍先簡單說明自己的繪畫歷程，最後當著大家的面，對我深深一鞠躬，感謝我指引她一條出路。我表面上笑得很開心，內心卻充滿了愧疚。因爲我深刻知道，曉萍今天的成功完全是靠她自己走出來的，我只不過無心推了她一把。不過，我還是很替她高興，畢竟她已經找到了自己的路。

（吳梅東）

曉萍真幸運！如果她媽媽當初堅持讓她升學，可能就會埋沒了她的繪畫天份，那多可惜啊！

一點都沒錯。每個人都有自己的天賦才能，升學唸書雖然能增長知識，但不是人生唯一的路，更不是一定要唸大學、碩士、博士才算有出息。

要是大家都去當博士、當老師，就沒有人開餐廳、開公車，那大家豈不沒飯吃、沒車子坐了嗎？

你就知道吃，不過這個說法倒也貼切。要知道，一個社會本來就是由不同角色和不同領域的人組合而成的；大家各司其職，有人努力當好老師，有人專心發展工商，還有人從事藝術創作，只要發揮才能，都可以在各自的領域散發光芒，如此一來社會才有活力，並且不斷進步。

要是每個人都做同樣的事，那和螞蟻的社會有什麼兩樣？會很沒趣的。

這就是多元價值的可貴之處，要是大家都能體認到這一點，那每個人都能自由選擇適合自己的路了。

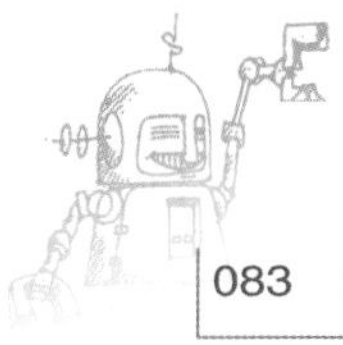

爺爺學電腦

學習永遠不嫌遲

張家有一老一小，張爸爸和張媽媽去上班時，大部分時間就只有爺爺和孫子東東在家。本來東東非常依賴爺爺，老是吵著要爺爺說故事給他聽、陪他做功課，但自從上了小學四年級，爸爸幫東東買了一台電腦以後，情況就改變了。

「東東啊，要不要聽爺爺說故事？」爺爺對著坐在電腦前已經超過兩小時的東東說。

「等一下啦！」東東連頭都沒抬，隨便回了爺爺一聲。

眞不曉得電腦怎麼會有那麼大的魅力，能像磁鐵一樣吸住東東，那不過就是像台電視機的機器嘛！爺爺愈想愈不懂，不過他也聽說現在電腦很流行，什麼「網路」啦！「伊妹兒」啦！幾乎人人都會用，像他這種不會用電腦的LKK早就落伍了。

有一天早上，爺爺和社區裡的鄰居周爺爺一邊打太極拳，一邊閒聊。

「老張，我最近在學電腦，挺有意思的。」老周說。

「學電腦？這麼時髦？」爺爺認爲電腦應該是年輕人的玩意兒，沒想到老周也在學。

「電腦可不是年輕人的專利哦！我在長青大學上電腦班，年紀還算小的呢！班上同學年紀最大的七十六歲，最年輕的也有五十五歲。」

爺爺覺得不可思議，像他們這種年紀，學電腦要做什麼？既不爲文憑，也不爲工作，沒必要嘛！

老周可不這麼認爲：「我兒子建強現在住在美國，自從我學會上網收信以後，他和媳婦常常寄電子郵件給我，有時還把孫子的照片寄來，比傳統寄信方式快多了，也比打越洋電話便宜呢！更神奇的是，我還可以利用線上視訊設備，透過螢幕和他們面對面交談，和可愛的孫子打招呼。這樣一來，也不覺得距離遙遠了！呵呵！」

聽老周這麼一說，爺爺也開始想，他女兒在澳洲唸書，如果可以上網和她通信，那不是方便多了嗎？

「學電腦很難吧？」爺爺從來沒碰過電腦，想到自己年紀大、腦筋差，難免有點怕怕的。

「不難不難！我都學得會，你一定也能！不然這樣，下個月又有新的電腦班開課，你先去試聽看看嘛！」老周說。

在老周熱情相邀下，爺爺去上了試聽課。老師是個二十幾歲的年輕人，對他們這些「老」學生很有耐心，才上了第一堂課，就學會怎麼上網收信了；雖然爺爺操作滑鼠的動作還不太靈光，但老師說只要多練幾次就熟練了。兒子、媳婦也都鼓勵他。

「老周說的沒錯，真的不難。」爺爺開始期待上課時間到來，這樣就可以快點學會更多的玩意兒。

上了一個月的基礎班，爺爺愈學愈有興趣，現在他不但會上網和澳洲的女兒通信、和老周用電腦下圍棋，還會和東東玩電腦遊戲對打，雖然他的動作比較慢，每次都輸，但也樂此不疲。

更令爺爺開心的是，東東常常跟他討論電腦的事，雖然他不是全部都聽

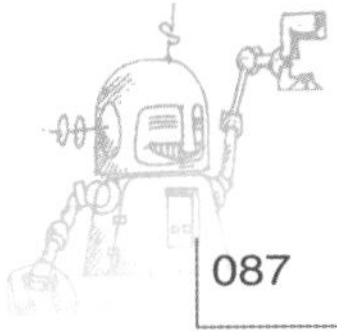

得懂，但至少不是「鴨子聽雷」，祖孫倆有共同的話題。爺爺很開心，覺得自己好像變年輕了。

現在爺爺非常努力的學習注音符號，因爲他想自己用注音輸入法寫「伊妹兒」給女兒，不要每次都麻煩兒子或媳婦打字。知道他的老師是誰嗎？正是寶貝孫子東東呢！

（吳立萍）

既然老人家都已經退休了，不學電腦也沒關係吧！

由於醫藥發達，現代人愈來愈長壽，許多人到了五、六十歲退休年齡，依然耳聰目明。未來的歲月也還很長，時時學習新知，退休生活才會多采多姿啊！

其實銀髮族的學習空間很廣、不用擔心文憑及就業的問題，只要有學習的意願，想學什麼都可以。

可是老人家學東西好慢哦！要講解好幾次他們才記得住。

年紀大了，記性和理解能力變差是正常的現象，以後我們自己也會這樣。多體諒老一輩人的狀況，如果有機會，也可以和他們一起學習，幫他們克服學習新知的恐懼。

表姊上大學

把握升學機會，提升人生境界

「好久沒見到大表姊了！」自從大表姊考上大學之後，偉眞就一直沒機會見到她。聽媽媽說，表姊高職畢業後，補習了一年考上北部一所大學的英語系，現在很「拚」哦！表姊一直是做什麼事都全力以赴的人，也是偉眞心目中的偶像。

今年放暑假時，媽媽帶偉眞去台中的阿姨家住幾天，偉眞終於可以看到表姊了。

「咦，表姊呢？」偉眞記得表姊以前常常騎腳踏車載她去附近的田裡玩，眞懷念那段時光。

「她在台北，沒回來。」阿姨說。

「不是已經放暑假了嗎？」偉眞問。媽媽曾說，表姊一直覺得自己高職畢業的程度不夠好，所以讀書特別用功。偉貞猜她一定是留在學校K書了！

「她留在台北打工，賺點學費和生活費。」阿姨說，表姊白天在餐廳當服務生，晚上兼家教，忙得很！可是，爲什麼阿姨不幫表姊付學費呢？偉貞覺得很奇怪，可是又不好意思問，說不定阿姨根本不希望表姊讀大學！

「聽說現在的大學學費很貴哦？」媽媽問。

「是啊！阿芹唸的是私立學校，一學期學費就要五萬！」阿姨的表情很無奈，「她有心讀書，我們當然盡量想辦法，但是現在兩個弟弟一個唸國中，一個唸高中，每個學期一開學，繳學費、買課本，加一加也要不少錢，眞的吃不消！」

原來表姊考上大學後，還要自己想辦法張羅大部分的學費和生活費，眞的不簡單耶！表姊這樣不會太辛苦了嗎？

「還好我們申請了助學貸款。」阿姨說，「每個學期先借錢來付學雜費，畢業後再開始分期還。」

「哇，那不是大學一畢業，就欠銀行一堆錢嗎？」偉貞在心裡計算，大學四年的學費要四十幾萬，聽起來好多哦！難怪表姊要這麼「拚」！唸大學眞

不容易。

以前的人擔心孩子考不上大學。現在大學變多了，要升學沒那麼難，但是學費卻貴得讓一般人吃不消。講到將來兩個兒子上大學也得借錢唸書，阿姨說，她只期望他們能考上公立大學，這樣負擔就輕多了。

「阿芹爲什麼不等畢業後再賺錢還貸款？畢業後有了工作，還錢會容易得多。」媽媽說。

「我也是這麼想啊！」阿姨忽然露出欣慰的笑容，說：「不過阿芹說要多存點錢，因爲她還想唸研究所！」原來表姊的目標不只是唸大學！

回到房間時，偉眞忍不住問：「媽，以後我考上大學，是不是也要借錢才能唸？」

媽媽想了一下，說：「我和妳爸爸都只有高中畢業，當時是因爲家境不允許，沒辦法繼續升學，一直覺得很遺憾。現在我們正在存一筆教育基金，希望能讓妳和弟弟將來有錢唸大學。不過要是到時候這筆錢不夠，就得靠妳自己囉！」

偉眞希望大學的學費不要再漲了，這樣等她以後唸大學時才不會付不起學費。不過不管怎麼樣，她決定要向表姊看齊，用功唸書，以後像表姊一樣當大學生！

（李美綾）

大學愈來愈多，以後是不是每個人都可以上大學？

近年來台灣有愈來愈多大學、學院陸續成立，使得大學招生名額增加，以比例來說，未來唸大學的機會是增加了。

當大學生好棒哦！我以後也要唸大學。

進入大學求學，有機會增加自己的學問，如果能利用這幾年的時間多讀書、增加自己的專長，畢業後不但能獲得令人羨慕的學歷，也爲自己的未來爭取到更多的機會，人生境界會變得不一樣哦！

意思是說，唸了大學，以後找工作就不必煩惱囉？

大學畢業生的薪水，通常比高中、高職畢業生的薪水來得高，但是別忘了，未來大學畢業生變多，企業徵才有更多的選擇，要脫穎而出，爭取好工作，還是得看實力哦！所以進了大學可別隨性的「由你玩四年」，好好把握時間充實自己，未來的路才會更好走！

一部電腦查詢全世界

數位化，讓資訊繞著地球跑

「媽，我要去圖書館查資料。」小明說。

「家裡不是有網路可以用嗎？」媽媽說。

「網路故障了，不能上網。爸爸說要等明天才能找人來修。」

小明一想到要在大熱天出門，眞有千百個不願意！可是明天就要交作業了，無論如何他得去圖書館碰碰運氣——圖書館的電腦室總是人滿爲患，非得排隊不可；要是直接查書，許多熱門的書常常被借走，即使沒被借走，也不一定找得到。

到了圖書館，小明直接找館員幫忙。館員說：「我幫你預約使用網際網路，可以查詢圖書館的書目，也可以查詢網路資料。」

「那要等多久呢？」小明看到每部電腦前面都有人。

「大約半小時就可以了。」館員說：「館裡的規定是每個人每次只能使用半個小時。」

「沒問題。」小明心想，只要有電腦可以上網就好！

古希臘數學家阿基米德曾說：「給我一根棍子、一個支點，我可以舉起地球。」這句口氣不小的話，說明了「槓桿原理」的威力——只要力臂夠長，多重的東西都可以舉得起來。其實在阿基米德那個時代，人們連地球有多大都還不知道呢！不過這句話也給了我們很重要的啓示：只要用對方法，再不可思議的困難都有可能解決。

現在，阿基米德以小搏大的精神可以運用在網際網路上：只要「給我一部電腦上網，我可以查詢全世界！」試過了嗎？利用「搜尋引擎」輸入關鍵字查詢，就可以找到相關的資料，而且又快又多！

不過，現在人們擔心的是被資訊「淹沒」，因爲找到的資料動輒數千、數萬筆，要找到自己需要而且有用的東西，可不是那麼容易！像小明，已經過了一個小時，還在圖書館的電腦前面，一臉迷惘。

「資料那麼多，看了半天，還是找不到我要的。」小明點進一個網頁，看了幾秒鐘，又退出來，再瀏覽下一個。就這樣一直反覆著。

「如果能把網際網路的資訊整理得很有系統，就像圖書館的檢索系統一樣，那不是很方便嗎？」小明想。

有道理，既然資訊科技這麼發達，網路搜尋的技術日新又新，將網際網路的資訊做有系統的整理，讓使用者可以輕易的找到他想要的東西，這樣不是可以造福很多人嗎？這應該辦得到吧！

小明瀏覽了三十幾個網頁後，終於找到一個看起來還不錯的，但他很快發現裡頭有些資料是錯的。

「真討厭，不但資料一大堆，有些還是錯的。」

許多網路資料沒有經過編輯、審定，內容往往不周全，而且容易有錯。如果能將重要的知識做嚴謹的整理，不管文字或圖片，都變成數位的檔案，查詢起來不但超方便，也不怕有錯了！

這樣的工作，已經有人在做囉！國內最早建構「數位博物館」的，應屬清華大學的「清蔚園網際網路知識園區」，它本來只是清華大學一位教授製作的個人網頁，經過許多熱心人士共同努力擴充，內容愈來愈豐富了。

「清蔚園。」小明記住這個網站名稱，下次找資料，他要先來這裡，這比在茫茫網海中漫無頭緒的找，要有效率多了。（倪宏坤）

把資料數位化，就是將資料一筆一筆建檔，這可不是件小工程。

不論是文字、影像或聲音，資料建檔除了花費工夫，也很佔記憶空間，但是當資料建檔後，許多珍貴的文物資料就可免於失傳的危險。而且，有了數位資料，任何人都可以從世界的任何地方上網來查詢，資訊的交流更方便了。這些工程，很值得！

我們也可以建構自己的數位博物館嗎？

當然可以，「清蔚園」就是從個人網頁開始的啊！不過一座豐富的數位博物館，往往需要許多人共同合作來完成。目前國內最大的數位博物館計畫是「數位典藏國家型科技計畫」，結合了「數位博物館」、「國家典藏數位化」及「國際數位圖書館合作」三項子計畫。當這項大型計畫完成後，我們不但可以在資料庫裡搜尋資料，還可以在網際網路上參觀博物館和圖書館哦！

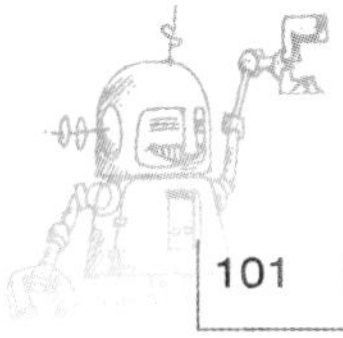

歡迎網路來我們家！

善用網路，輕鬆做個萬事通

「秀才家中坐，不只能知天下事，還能辦妥身邊大小事。」爸爸手握滑鼠，眼盯著電腦螢幕，彈指間已經完成了報稅。

以前每年報稅，爸爸總得費心蒐集扣繳憑單、抵稅單據，拿著計算機東按西按，折騰好幾天，然後再趕到稅捐稽徵處排隊報稅，花掉不少時間。但是自從去年爸爸開始利用網路報稅，變得準確、方便又省事。

網路可眞是爸爸的好幫手，因爲他也利用證券公司的網路下單服務買賣股票，手續費省了一半。爸爸常常告訴朋友：「透過網路好處多多，沒辦法盯盤時，甚至可以在前一晚預約下單。」

而媽媽則是我們家的「效率大師」，因爲平時上班忙，下班後除了做家事，還得陪我們做功課，總嫌時間不夠用。有一次她在網路上發現農會有蔬菜的宅配服務，每週送菜到府，從此就上網訂菜囉！

「青菜、皮包、化妝品、書籍、CD、旅遊訂房……，你想要什麼，我就變出來給你！」有了網路，媽媽簡直變成了魔術師！

媽媽說，以前逛街常走得腿痠腳痲，逛了半天，還不見得能找到自己要的東西。現在啊，只要鍵入關鍵字，相關的商品就會「送」到眼前來，只要點選一下，就可以輕輕鬆鬆的比較各種廠牌的不同。若是買書，還可以先看專家和讀者的書評再決定。

「上網買東西，可以貨比三家。更重要的是，全年不打烊，愛什麼時候逛都可以，即使三更半夜也可以『逛街』呢！」當然啦，資料一多，篩選起來會有點累，還有，不能親眼看到及試用商品，有些人會不習慣。

最近媽媽更天才了，竟然從網路訂便當和蚵仔麵線，都可以熱騰騰的送到嘴邊，連電話費都省了呢！

哇，網路眞是太方便了，對一些忙碌或懶得出門的人，簡直就是天堂。或許哪一天，我們可以透過網路和人認識、相戀，甚至還可以直接辦好結婚手續、請親友參加網路婚禮……除了夫妻生活得眞實相處外，其餘的，網路

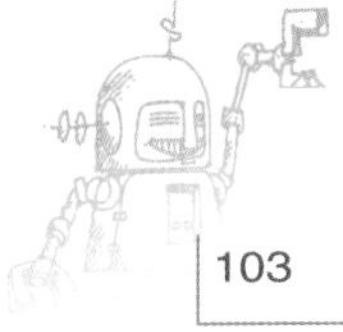

都辦得到！

媽媽不在，我的肚子好餓哦！如果這時對電腦說：「我要吃蚵仔麵線！」網路就能自動搜尋，半小時內有人送來一碗熱騰騰的麵線，不知該有多好？

我躺在床上，繼續做著我的網路夢……

（石芳瑜）

網路購物真方便，但這些交易安全嗎？

一般人在網路上交易，會擔心個人資料外流，甚至信用卡被盜刷。爲了讓消費者安心，線上交易的機制不斷在改良，現在有一種「SSL安全交易」，倒也安全可靠。若不想使用信用卡，也可以選擇貨到再付款，商品可以送到家，或居家附近的便利商店再去領取。

安全顧慮比較多的可能是一些私人網站或拍賣網站，所以無論如何還是要提高警覺，盡量選擇有信譽的商家及交易方式，也不要隨便提供詳細的個人資料，這樣就可以享受網路交易的便捷與樂趣了。

網路可以做這麼多事，未來我們會不會被電腦取代？

使用電腦及網路可以節省人力，就像吸塵器和洗衣機取代了部分的家務，但電腦並不會完全取代人腦。相反的，電腦提高了效率和產能，讓人們有時間從事思考性的工作和休閒活動。

所以你會發現，設計程式和產品的工作多了，從事藝文、休閒、服務業的人也多了。過去需要許多縫衣服、做帽子的作業員，現在則有許多美容師、餐飲休閒娛樂業的服務員啦！

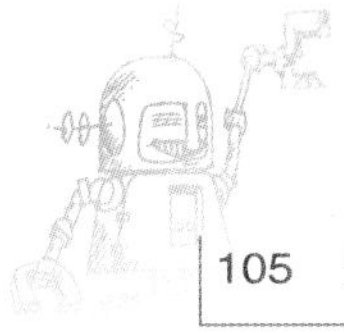

別當網路假作家

尊重網路上的智慧財產權

「好煩哦！寫不出來。」

老師上禮拜出了一道作文題目要大家回去寫，眼看交作業的期限就快到了，小章卻一個字也擠不出來。

「上網看看有沒有類似的文章吧！」他靈機一動，用關鍵字搜尋，很快就找到了許多相關的文章。「嘿！這篇文章的題目和老師出的一模一樣，直接拿來用不就好了。」於是小章把整篇文章複製到他的文件裡，看了一遍，刪掉其中的幾段文字。

「以前怎麼沒想到用這種方式寫，又快又輕鬆，三兩下就完成了！」小章覺得自己很聰明。

過了幾天，老師叫小章到辦公室去，小章以爲老師發現了，很緊張。

「你這篇作文寫得很好。」沒想到老師居然稱讚小章，「我可以幫你把文章投稿到雜誌社去。」小章不敢告訴老師這篇文章是他從網路上「抓」下來的，所以只好心虛的點點頭說：「好。」

「也許雜誌社根本不會刊登，就算登了，也不一定會被發現。」小章心想。

大約過了三個月，有一天，有同學熱心的拿著一本雜誌，過來恭喜他：「小章，大作家哦！你的文章登出來了！」

小章一下反應不過來，還以為同學在開他玩笑，直到他看見自己的名字就印在雜誌上，才突然想起投稿的事。

班上有人當作家囉！大家興高采烈的討論著，可是小章的反應非常冷淡。大家以為小章只是故意表現得很酷，其實心裡一定很高興。

「應該不會被發現吧？」小章的心裡七上八下的。自從文章刊出以後，每次有人提到這件事，他就覺得很心虛，深怕有人跳出來檢舉他：「這是網路上的文章，你是用抄的！」

最擔心的事還是發生了。這天老師又叫小章到辦公室，告訴他雜誌社打電話來，說有人自稱是這篇文章的原作者，另外也有不少讀者檢舉他抄襲網

路上的文章。小章低下頭來，什麼話都不敢說。

「就算沒有投稿，也不可以把網路上的資料當成是自己的，這是觸犯著作權法，原作者可以告你。」老師也很自責，其實只要在網路的搜尋引擎輸入關鍵詞，就有可能發現小章的文章是抄襲的，他沒查清楚就把文章拿去投稿，實在太大意了。

當初只是貪圖一時的方便，抓現成的網路資料來用，沒想到竟然惹出這麼大的事，還觸犯法律！小章急得快哭出來了，「我不是故意的，我不知道有這麼嚴重，怎麼辦？」

「我這裡有原作者的電話，我先打電話去向他說明，再帶你一起去找他道歉，請他原諒。我也要請雜誌社刊登更正啟示，稿費撥給原作者。」

在老師的協助處理下，原作者看小章是初犯，且誠心悔過，便不再追究了。小章經過了這次事件，學到了教訓。

（吳立萍）

資料數位化之後眞的非常方便，只要上網就能搜尋得到。可是也有人隨

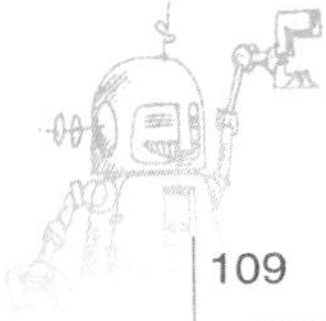

便從網路上抓圖片或文字，稍微修改一下，就當成是自己的作品。

已經修改過了，也不行嗎？

當然不行！不管是文字或圖片，都是創作的結晶。只能當做參考或適度的引用，不能濫用，更不能抄襲，否則就是觸犯著作權法。如果對方提出告訴，會被判刑或罰款。

如果真的很需要用怎麼辦？

那就得想辦法聯絡到原作者，並徵得對方同意才能使用。其實，做作業最好靠自己的力量完成，引用網路資料雖然方便，卻會養成不動腦的習慣，長久下來未必是好事。善用網路資料，最好是對要搜尋的主題先有自己的想法之後，才開始上網找，這樣就不容易被網路資料牽著走了。

垃圾郵件不要來！

網際網路漏洞多，保護隱私靠自己

「老師，小毛今天中午在電腦教室看色情圖片！」一上課，大嘴巴的志明當著全班同學的面，向老師報告。

「哇，在教室裡看色圖耶！小毛眞大膽。」同學們交頭接耳，議論紛紛。

「小毛你欲求不滿哦？」建國開起玩笑，大家聽了也嘻嘻哈哈。

「才不是呢！」小毛急著辯解，臉都紅了。「那不知道是誰寄來的垃圾郵件，我只是好奇，打開來看一下而已。」

「我記得班上很多人都有自己的e-mail，你們有多少人收過垃圾郵件呢？」老師一問，有三分之二的人都舉手。

「老師，什麼是垃圾郵件？」沒有用過e-mail的小潔問。

「就是不請自來的郵件，通常都是廣告，例如貸款、減肥藥、情趣用品、

色情光碟……」老師解釋完，又問：「那有沒有人從來沒看過垃圾郵件？」只有兩、三個人舉手。

「老師，雖然我看過垃圾郵件，但我一看到是色圖就馬上刪除哦！」志明故意這麼說，把大家逗得哈哈大笑。

「垃圾郵件就是要利用人們的好奇心。當你把它打開來看，就達到廣告的效果了。」

「可是老師，眞的有人會去買那些東西嗎？我每天收到一大堆垃圾郵件，根本連看都不看就全部砍光，很多人應該也跟我一樣吧！這樣還有廣告效果嗎？」建國說。許多人也點頭，表示同意。

「對啊，而且爲什麼那些人知道我們的e-mail呢？」小毛問。

「如果你用的e-mail是免費的，網站業者就會趁機把廣告寄給你。你也可能在一些網站上註冊過，留下自己的e-mail。」愛玩電腦的建國說。

「我可沒有留資料給賣色情光碟的人哦！」小毛急著澄清。

「有些業者會把你的e-mail賣給其他公司，讓別的公司也可以寄廣告給你。」建國說。

「這樣太沒道德了吧！」小潔驚呼。

「既然用的是免費的e-mail，總要付出一些代價嘛！」建國說，「而且還有更高招的呢！有些業者幫你收發郵件時，就順便擷取你郵件中的e-mail地址，結果你的親朋好友也會收到廣告。」

「其實我們學生不會賺錢，根本沒什麼消費能力，寄這些廣告給我們也沒用！」小毛說。

「他才不管你是不是學生！寄電子郵件不花什麼錢，就當做亂槍打鳥囉！」建國說。

「事實上，垃圾郵件對網站業者來說是很大的負擔。」老師說：「垃圾郵件大量發送，拖慢了網路傳輸的速度，也佔用了許多儲存空間。爲了維持系統的正常運作，網站業者也在想辦法防堵垃圾郵件，每年要花不少金錢和人力呢！」

「那我們有辦法讓垃圾郵件不要來嗎？」小潔問。

「現在收發電子郵件太方便了，也幾乎沒有管制，要完全拒絕垃圾郵件，可能還做不到。但如果謹慎管理自己的e-mail和個人資料，應該可以減少垃圾郵件。例如盡量不要在網站上留自己的e-mail或個人資料；寄送郵件時，可以使用密件傳送，減少e-mail被擷取的機會；有些網站提供防堵垃圾郵件的功能，也可以試試看。」

「老師，我知道垃圾郵件還有一個缺點哦，就是會浪費寶貴的午休時間，看了讓人睡不著啦！」志明顯然意有所指，在大家的笑聲中，只見小毛懊惱的瞪了他一眼！

（李美綾）

每天打開信箱，要先花時間把垃圾郵件過濾、刪除掉，真是麻煩。

電子郵件的寄送成本低廉，不但可以一次寄很多份，傳送速度又快，把傳統廣告傳單所需的印刷費用、郵票都省下來了！許多商人樂此不疲，卻造成許多人的困擾。

對啊，而且收到這種陌生人寄來的郵件，也覺得很不安全呢！

現在是數位時代，私密的資料常透過網際網路傳送，很容易失去保密性。e-mail雖然稱不上是機密，但被人擷取而寄來垃圾郵件，讓我們覺得隱私權被侵犯，也讓我們警覺到網際網路的威力。相信未來大家會更關心網路隱私權的問題，保護每個人的安全和權益。

未來，慢慢來

親子共成長，未來路更寬

小逸上完鋼琴課，從教室走出來，英文班的接送車已經等在門口了。他週一到週五每天上英文課；週一學圍棋、週三學鋼琴、週五上數學，週六一早還有畫畫課。

這是媽媽常說的：「英語是國際語言，一定得學，要是英語不好，以後沒辦法和別人競爭。」媽媽說，爸爸就是因爲英文不好，所以好的工作或升遷機會總是擦身而過。

媽媽還說：「不能輸在起跑點上！」

反正多學一些才藝沒有壞處：學圍棋可以鍛鍊腦力，培養運籌帷幄的思考能力；學數學是因爲小逸的數學不好，爸爸說要多加強；學鋼琴是爲了陶冶性情，而且老師說彈琴對手眼協調、腦力發展有很大的幫助。只有畫畫課是小逸自己的最愛，不管多麼累，小逸總是滿心期待著畫畫課，希望可以上得久一點。

才藝課幾乎塞滿了小逸的每個晚上，但班上許多同學也跟他差不多。像莉莉就比小逸多上了一堂舞蹈課。

「我爸媽上班都忙到好晚，怕我回家只知道看電視，乾脆讓我去上才藝課。」莉莉說：「我媽總說現在的多元入學方案，光只有功課好是不夠的，還得五育並修。」大概是才藝課排太滿了吧，小逸常看到莉莉在上課的時候打瞌睡。

不過也有人很喜歡上才藝課。同樣也學鋼琴、畫畫和英文的小庭，聽說是自己向媽媽要求去上課的。

小逸知道爸媽想供他最好的，才藝課的學費也都不便宜，可是他不喜歡媽媽老愛拿隔壁鄰居的阿強來和他比，說阿強哪裡好又哪裡好，聽得他好煩。而爸爸則是整天忙工作，早就不清楚現在小逸的學校流行什麼、他的心裡又想些什麼。

莉莉也說，爸媽常忘了她的學校活動，但是老師一來家庭訪問，他們又一副關心她關心得不得了的樣子。「我爸媽讓我上一堆才藝課，又給我不少零用錢，好像要彌補對我的虧欠。」

小逸坐在英文教室裡發著呆，突然想起去年夏天和爸媽去山裡度假，在山間看到的蝴蝶，牠們是那麼自在飛舞著。那樣的優閒，好令人懷念！小逸覺得有些累，很想回家跟爸媽說，哪天他們休假再去山裡玩吧！上回全家一起出遊，已經是好久以前的事了。

（石芳瑜）

每天都有上不完的課、學不完的才藝，有些課好玩，但有時真的覺得好累。媽媽還說「現在苦一點，以後才不會後悔。」

父母總想給孩子最好的，怕給得不夠，自己的孩子跟不上。雖然俗語說：「天下無不是的父母。」然而有些父母開明，有些父母卻專制，很少關心孩子的想法。還有一些父母眞的太忙了，沒去關心孩子要的是什麼，只是照著自己的方式給予。

現在苦一點，以後不一定就不會後悔，畢竟成長只有一次，有時也該放慢腳步，多培養感情、多溝通。

孩子們要學著感謝，也該學習表達自己的想法。父母想的或許比較多，也難免有要求和期待，但唯有良性的溝通才能增進彼此的了解，懂得彼此的需要。

爸媽說，我們現在比當年他們考聯考還辛苦，是真的嗎？

多元入學方案的精神原本是要減輕聯考的壓力，不要「一試定終生」，讓孩子多些入學的管道，有機會多元發展，比如有繪畫天份的可以保送美術系，英文好的可以推甄外文系……依自己的興趣和才能發展，不會只擠向幾個熱門科系。可惜社會及家長的想法還不夠多元，心目中認定有前途的還是那幾個，學才藝反而成了錦上添花、爭取加分的籌碼，更添求學壓力。

是啊，學才藝怎麼會變得這麼辛苦！

其實學才藝是很好的事，父母不要急，孩子別輕易放棄，學習的重點是要發掘自己的興趣和潛能，而不是樣樣都要比別人強、個個都要成爲十項全能。

教改或許不能立竿見影，但我們卻可以努力建立行行出狀元的觀念，讓下一代更有自信！

翁靜玉談培養未來競爭力

找出自己的優勢

（李美綾）

翁靜玉，日本明治大學政治經濟學碩士，創辦、經營Career就業情報，現為Career就業情報董事長。從事就業資訊服務十餘年，為公家機關及企業擔任徵聘顧問，為求職者提供職涯規劃之諮商服務。近期著作有《讓工作愛上你》、《樂在工作，樂在人生》、《社會新鮮人教戰手冊》（皆由Career就業情報出版）。

圖片提供／Career就業情報

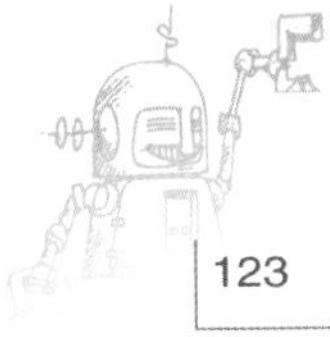

您認為學生在學校應該多學一些才藝嗎？

我覺得學習「態度」比學什麼都重要，例如溝通的技巧、團隊合作、包容力及觀察力。像在大學時就可以多觀察社會現象，也觀察哪些人可以做朋友、那些人可以合夥、哪些人適合作爲結婚的對象，這些都是很重要的。

小時候如果有興趣學才藝就去學，學到後來覺得沒興趣，也不必勉強。多學才藝，可以幫助自己摸索出興趣在哪裡。至於眞正的技能，我覺得還是在上大學之後才開始學的。

功課好的學生，將來進入社會是否比較容易成功呢？

我覺得是。功課好的學生通常擁有某些別人沒有的特質，例如比較聰明、學習能力比較強、喜歡閱讀等，他們比較容易進入知名大學就讀，跨入大企業的門檻也比較低，因爲大企業要的員工就是能力好、學歷高、具有工作經驗的人。

雖然並不是所有好學校的學生都會成功，也不是所有不好學校的學生都不會成功，但學歷和成功與否還是有滿高的相關。像高科技產業的領導人林百里、李焜耀、張忠謀……都是出自名校。進入好的學校，跟好學生競爭，能提升自己；進入好的企業，跟其他的好手競爭，也是一種提升。環境會塑造一個人變得更好，產生良性的循環。

就您的觀察，初入社會的年輕人，在工作上容易有哪些不適應的現象？

由於台灣的經濟環境比以前好，年輕人生活比較優渥，也變得比較自私、現實一點，會有「你付多少錢，我做多少事」的觀念。許多人注重表象上的模仿，例如別人染頭髮我也去染，別人穿牛仔褲我也穿，造成一窩蜂的現象，這表示判斷力及獨立思考的能力還不夠。另外，我覺得現在的年輕人需要培養明辨是非的能力及更多的耐心。

當學生時比較鬆散，許多人進入企業時沒有調整自己的心態，造成不適應。Career就業情報曾做過研究，發現好用人才的十個條件是：行動快、學習力強、吃苦耐勞、EQ高、忍受挫折力強、穩定性高、服從性高、自我挑戰力強、身體健康、具創新能力。年輕人可以從這些檢視自己還有什麼地方可以再提升。

台灣現在廣設大學，您認為這對未來年輕人找工作會有什麼影響？

不管時代怎麼變，唸好學校的學生不怕找不到工作。就算廣設大學，未來大家還是看好前幾名的學校。學歷是人生中一個很重要的競賽，能夠讀到好學校，人生已經成功了四分之一。依我的觀察，能唸一流學校的人，往往是因爲很清楚自己要做什麼，才能考上好學校。如果一個人沒有目標，功課怎麼會好？

如果不能讀一流的學校，就應更清楚自己的目標，找出自己的優勢。可以在態度上加強，例如別人每天做五個小時，你做十個小時。或是藉由跨領域來建立自己的第二專長，例如中文系畢業可以去唸行銷或企管研究所。相信只要找出自己的優勢，還是有機會，行行都可以出狀元。

是否應該在求學時開始思考未來要做什麼？

我發現大學生在快畢業時才來想自己要做什麼，往往都太晚了。我曾在一些講座中問大學生：「你讀的科系是你喜歡的嗎？」舉手的不到一成。我又問：「將來你的工作會跟你唸的科系有關嗎？」舉手的人也很少。其實這是因爲許多人對自己不夠了解，不知道自己適合做什麼，於是考上什麼科系就唸什麼，將來的工作和所學不能連結起來，也就不足爲奇。

因此我會建議從高中開始就做職涯的規劃，至少在高二、高三時就要清楚自己適合讀理工還是文法商，定出大方向。有些學校會替學生做性向測驗及適才適所的診斷，可以幫助學生更了解自己。

未來服務業會缺很多的人才，也會有很多適合文法商畢業生的工作，工作機會並不缺，但文法商的學生比理工科的學生更需要去找出自己的目標，培養自己的核心專長。

刻劃中的美麗新世界

未來的房子可以蓋得更環保嗎？
沙塵暴是天災、還是人禍造成的？
傳染病蔓延全球，防疫工作實在不簡單……
只因爭奪水源，也會引起戰爭？
環境汙染愈來愈嚴重，吃什麼才健康呢？
大家都在學才藝，我怕不學就會跟不上！
學外語可以出國留學，那學母語有什麼用？

打造會呼吸的房子

對地球好，就是對自己好

「媽，我想去蓋房子！」政華放學後才剛到家，就迫不及待的去找媽媽。

「蓋房子要等你長大以後再說啊！」媽媽以爲政華在開玩笑，所以沒當眞，只叫他趕緊洗手準備吃飯。

「我是想蓋眞的房子！」政華看媽媽沒什麼反應，又說了一遍，「小輝他爸爸要帶他們全家去蓋房子，我也想去！」

仔細一問，原來有個民間團體正在招募義工，計畫在暑假的時候去南投幫九二一地震災民蓋房子，每一梯次的義工幫忙三到十天，以接力的方式建造一棟房子。

「媽，我們要蓋的是會『呼吸』的房子哦！」政華解釋給媽媽聽。因爲是用傳統工法來蓋，例如牆壁用泥土加乾草，大樑用鋸木場廢棄不要的木材。

這種房子的隔熱效果很好，當夏天室外高溫達三十幾度時，室內依然涼爽，而且比吹冷氣還舒服。

「這個活動很有意義，環保、公益一舉兩得，但是你年紀還小，能蓋房子嗎？」媽媽心想，蓋房子需要非常專業的技術，許多大人都沒辦法做，更別說是還在讀國小的政華了。

「沒問題啦！小輝說，那裡會有人教我們，而且我們可以幫忙和泥土、糊牆壁，做比較簡單的工作呀！」

雖然聽政華這麼說，媽媽還是不放心讓他參加，於是打電話給小輝的媽媽，問清楚活動的內容及參加辦法。

和小輝的媽媽討論過後，她決定要說服爸爸，全家一起去「玩泥巴、蓋房子」。政華高興得手舞足蹈，簡直比參加遠足、旅行還要興奮。

盼呀盼的，這一天終於到了。政華一家人參加的是最後一個梯次，來到工地時，房子已接近完工，他們在專人的指導下，幫忙將乾草和進泥土裡，塗在木頭骨架的外面。

「好像小時候玩泥巴哦！」不論大人、小孩，大家都「玩」得很開心，效

率也很高，才來第三天，一間會呼吸的房子就完成了。

「眞的好涼快哦！」政華迫不及待的在房子裡鑽進鑽出，體驗它神奇的隔熱效果。

「其實以前老一輩人所住的房子，都是會呼吸的房子。」主辦單位的義工阿姨對政華說：「老房子都是用泥土、竹子、石頭等自然界找得到的材料蓋的，而且通常很厚，具有冬暖夏涼的效果。住在這種房子裡，夏天不用開冷氣，冬天不用開暖氣，不但節省能源，也能避免排放熱氣所造成的溫室效應，這是對待地球友善的方式之一。」

這個暑假眞是令人難忘！開學後，政華把蓋房子時拍的照片拿給同學看，興奮的說著自己參與蓋房子的趣事，覺得好驕傲。

更難能可貴的是，以前懶得做垃圾分類和資源回收的政華，現在不但會主動回收廢電池和鐵、鋁罐，和家人外出飲食也不忘自備餐具，因爲他從這個蓋房子的活動中體會到，只有讓廢棄不用的「垃圾」變成有用的資源，才是最酷的事！

（吳立萍）

許多人都有資源回收的觀念，但也有不少人認爲自己的力量很薄弱，做不做都無所謂。

是啊，如果只有我一個人做，別人都不做，那有什麼用呢？

千萬別小看一個人的力量！想想看，現在的地球環境爲什麼被破壞得那麼嚴重？不就是每人每天多丟一點垃圾、多製造一些汙染累積起來的？其實有很多被當成垃圾丟棄的東西，都可以再利用。

用回收資源做成的東西，感覺舊舊的，沒有質感。

其實我們用的許多玻璃器皿或橡膠製品，就是用回收的廢玻璃、廢輪胎再製而成的，不說的話根本看不出來。多使用再生資源製造的產品，可以減少垃圾，何況還有人覺得舊舊的木頭或玻璃，感覺很復古呢！

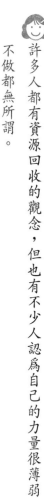

飄洋過海的「沙」手

地球受傷，人類受害

星期六一早，小敏背起了包包，趁家人不注意時，躡手躡腳的溜出大門，和等在巷口的美菁會合。

「怎麼那麼慢？」美菁已經等了二十分鐘，忍不住抱怨。

「對不起啦！我得趁爸媽不注意時溜出來。」小敏前幾天就告訴媽媽，今天要到郊外踏青，但媽媽說這個週末沙塵暴特別嚴重，沒事最好不要出門。一大早起來，小敏看看窗外，雖然天空灰灰的，但感覺沒什麼不一樣，更何況已經跟美菁約好了，怎麼可以不去呢？

「這麼巧！我媽也不讓我出來，我也是偷溜出來的。」美菁繼續說，「眞不曉得他們在緊張什麼？我看報紙上說，沙塵暴是在中國大陸的內蒙地區，內蒙離台灣這麼遠，不會有什麼影響吧！」

為了避免家人打電話來責備，她們兩個都把手機關機，然後一起搭公車到郊區的溪邊野餐。遠離人群，徜徉在四周濃濃的綠意中，小敏和美菁都覺得身心十分舒暢。

「來！深呼吸。平常我和我爸出來爬山，他都會叫我深呼吸。他說郊外空氣好，多做深呼吸對身體有益。」說著美菁用力吸了一口氣。

「我們今天出來玩是對的，不然下星期要開始準備期末考，沒時間了。」原本小敏還一直擔心回家會挨罵，有點悶悶不樂，但看見眼前的好風景，再加上個性開朗的美菁帶動下，就什麼煩惱都忘記了。她們盡情的戲水、拍照，雖然後來美菁覺得眼睛有點不舒服，但她以為只是沙子跑進眼睛裡，沒什麼大不了。兩人玩到接近黃昏，才意猶未盡的搭車回家。

當然囉，回家之後免不了被責備一頓，但是去都去了，家人也拿她們沒辦法，只好告誡她們下次不可以這樣，以免家人擔心。

星期一早晨，小敏準備出門上學，覺得喉嚨有點不舒服，喝了一大杯溫開水。到了下午，開始咳個不停。

坐在隔壁的芳玲，看小敏好像生病了，好心提醒她：「我看新聞報導說，最近好多人得了呼吸道方面的疾病，可能是因爲沙塵暴的關係，妳也要小心一點哦！」

聽芳玲這麼一說，小敏突然想起前天美菁的眼睛不舒服，不知道是不是跟沙塵暴有關，所以趁下課跑去找她，問她有沒有好一點。

「我今天早上請假去看醫生了。醫生說最近沙塵暴汙染太嚴重，許多人都跟我一樣，有眼睛乾澀、紅腫的症狀。」小敏看看美菁的眼睛，果然紅得像兔子的眼睛一樣。

「沒想到我們才出去玩一天就這麼嚴重，可是大家不是也都得出門嗎？」小敏實在想不透，難道是她們兩個特別倒楣，容易受到沙塵暴的影響嗎？

「我想是因爲我們在沙塵暴最嚴重的時候出門，又沒有戴口罩。」美菁說，這都是因爲她們兩個太「鐵齒」，不把沙塵暴汙染當一回事。她們現在才知道，沙塵暴會發生，也是跟人爲的環境破壞有關。

「原來這又是人類破壞環境，最後又害到自己的例子。」小敏若有所思的對美菁說。

（吳立萍）

沙塵暴是怎麼來的？

在中國大陸西北及華北地區，由於氣候乾旱、植被稀少，再加上不當的人爲開發，使植物的覆蓋面積更低，因此導致黃土裸露，只要強風一起，就容易形成黃沙滾滾的沙塵暴。沙塵暴帶來的災害絕不亞於颱風或龍捲風，不僅能吹到千里以外的台灣，甚至還會影響到相隔半個地球的美國西岸地區。

吹得這麼遠？會有什麼災害呢？

挾帶大量黃土的沙塵暴，在距離近的地方容易造成房屋倒塌、人畜死亡；在距離較遠的地方，則會造成眼睛不舒服，或引起各種呼吸道病症，影響健康。

是不是多種些植物就可以減輕沙塵暴的災害？

你吃過「髮菜」嗎？髮菜就生長在中國西北的沙漠邊緣地帶，是覆蓋土壤的重要植物，可是因爲有很多人愛吃它，願意出錢來買，所以髮菜被大量採摘，造成沙漠面積擴大，沙塵暴的情形也更加嚴重了。如果我們有所警覺，不貪圖口慾吃髮菜，就算是幫忙減緩沙塵暴的危害了。

病毒全球走透透

傳染病肆虐，防疫無國界

阿國和爸爸一起搭捷運去碧潭，因爲假日出來玩的人很多，車廂裡擠得滿滿的。

從車廂的某個角落，傳來一陣擤鼻涕的聲音，偶爾還伴隨著劇烈的咳嗽。過了幾站，阿國看到一個臉色不大好的年輕人下了車，之後就沒再聽到那些聲音。

「剛剛那個人好像感冒很嚴重，捷運車廂裡人多，空氣不流通，要是傳染給別人怎麼辦？眞是沒良心。」阿國想起前陣子自己感冒發燒得很嚴重，還挨了一針呢！

「對啊，生病了最好在家多休息。那個人也許有非出門不可的原因吧！不過爲了尊重他人，應該戴上口罩才對。」爸爸說。

走出捷運站之後，兩人先去洗手。

「公共設施裡散布著許多看不見的病菌。手接觸過後，如果直接碰觸食物或揉眼睛，就容易被傳染疾病。」因爲之前SARS的經驗，父子倆已經養成好習慣。

「現在的病毒都是四處傳染，聽說愛滋病就是從非洲傳出來的，是嗎？」

「嗯，最初的病例是在非洲發現的。據目前推測，這病毒原先在黑猩猩之間流行，並造成相當的死亡，後來有些當地人吃了生病的黑猩猩肉，結果病毒就開始侵入人類社會，成爲人傳人的傳染病。」

「愛滋病不是要有性行爲才能傳播嗎？」

「愛滋病是以血液及體液的接觸爲傳染途徑，因此除了性行爲之外，輸血、注射毒品也可能造成感染。另外，落後地區的婦女，爲了賺錢而從事性交易，又沒有做好防護措施，不但容易被人傳染愛滋病，也容易成爲傳染源，使病毒擴散得更廣。」

「結果現在世界各國都必須設法防治愛滋病了，傳染的力量眞是強大。」

「是啊，不但要小心人傳人的病，連鳥傳鳥的病也不能大意哦！」爸爸說，「像禽流感，原本也只在雞鴨之間傳染，後來才出現對人有致病力的突變種。」

「不管是鳥傳鳥，還是人傳人，都很難防治。」阿國想起上次禽流感流行期間，許多雞農忍痛撲殺雞隻的慘狀。

「有些鳥類本身就有遷移的行為，使傳染病突破了國界的限制。」爸爸指著行道樹上的鴿子，「像近幾年有一種西尼羅河病毒，在原生地非洲只是造成普通的小病，傳到了歐洲及美洲，卻成了野生鳥類的劊子手，造成上百萬隻鳥的死亡。」

「哇，那會不會傳染給人類啊？」阿國一聽緊張了起來。

「由於西尼羅河病毒靠蚊子叮咬而傳染，目前在美國已有人感染此病致死。咦，看樣子你很怕死哦？」爸爸忍不住開阿國的玩笑。

「我當然不想死！我還要活到一百歲呢！」阿國理直氣壯的說。

「哈哈……每種生物都盡力想讓自己活下去，病毒也是啊！人類不斷累積經驗，開發疫苗；病毒則藉由突變，不斷突破人類的醫療控制。病毒與人類之間的對抗，可以說是一場打不完的戰爭！」

（薛文蓉）

檢查

看來病毒有太多的管道可以傳播到世界各地。

人不是孤島，國家也不是孤島。現在國與國之間交流頻繁，全球的連動性更強，在傳染病的防治上，除了跨國的醫療資訊交流、通力合作，身爲地球村一員的我們，也應人人配合防疫工作，才能將傳染病的影響減到最低。

對抗病毒，除了配合隔離、檢疫工作，還能做什麼？

不要走私或購買走私的動、植物，因爲這些從國外來的動、植物，身上很可能帶有病菌，要是沒有經過檢疫的手續，有可能成爲防疫上的漏洞，帶來嚴重的後果。

爲水而戰

節約用水，避免水荒

曾有人預測，二十一世紀將是爭奪水的世紀。

其實，自從人類的文明開始發展，逐水而居、爭奪水源，似乎已是必然的現象。許多古文明都是從大河流域發源，比如中國的黃河、印度的恆河、西亞的兩河流域，以及埃及的尼羅河，這說明了文明不能離開水；而一些先前認爲離奇消失的古文明，如柬埔寨的吳哥文明和中美洲的馬雅文明，也都有人推測是因爲無法好好守住水資源的關係。

吳哥王國在十二到十三世紀，是國力正強盛的時期，那時東南亞有許多土地都在它的版圖之內。吳哥人民很早就懂得引用湖水來灌溉農作物，並興建蓄水池來預留乾季時的農業用水。可以說，吳哥的文明是倚賴完善的農業水利設施才能穩固建立的，如果水利設施不良，農業就會荒蕪；缺乏糧食，國力必然衰退。

西元一三五二年，吳哥與暹邏（今泰國）發生戰爭，人民被徵召入伍，許多水利人員都從軍去了；到了西元一四三〇年，暹邏攻入吳哥城，使吳哥王國正式覆滅。

暹邏人並不需要已近廢墟的吳哥城，便棄城而去，原來繁榮的吳哥，只剩荒煙蔓草和曾經華麗的寺廟；直到一八六〇年，才由法國的一位博物學家重新發現湮沒在叢林中的吳哥城遺跡。

除了吳哥，馬雅文明也是一個例子。

雨林一直是地球上生物最多樣、資源最豐富的地區，雖然雨季和乾季分明，但雨季所提供的雨水，已足夠中美洲的馬雅人安居樂業、開墾種植了。大約在西元二五〇至九〇〇年間，馬雅文明十分興盛，從中美洲的墨西哥南部到南美洲的宏都拉斯，都非常繁榮，有規模宏偉的金字塔，更有許多繁華的城市，每個城市也都有詳細記載歷代國王肖像和歷史的紀念碑。

但是，當人口成長到一定的數目，必然會發生水和糧食的短缺，尤其馬雅文明不倚賴河流，若沒有健全的水利工程留住水源，根本無法延續。馬雅文明的各王國間常常發生戰爭，戰爭必然使得文明衰敗，加上大約發生在西元九二二年的長期乾旱，終於完全打倒了馬雅文明。

（倪宏坤）

總是聽說蒙古的游牧民族多驍勇善戰，該不會是為了爭奪水源才練就的本事吧？

很有可能哦！蒙古地區多沙漠，只能倚賴高山融雪的水源來涵養牧草，用以飼養牛羊而生存。由於每年的雪水量都不一樣，而所有的游牧民族都需要水，逐水草而居是他們生活中非常重要的一環，歷史上爭奪水資源的故事，他們也算是很重要的一篇吧！

因為人口變多，使得固定的水資源相形之下變少了，這種狀況好像今天的台灣哦！

對啊。其實台灣一年的降雨量有三千公厘呢！很多人都知道閩南話的「水災」叫「做大水」，但卻沒什麼人知道「旱災」怎麼說，因爲台灣地區的降雨一向很多，幾乎只會鬧水災，不會鬧旱災！但是現在，若將儲水量除以目前的人口總數，台灣每個人可以用的淡水水量其實很少，台灣其實是屬於「缺水」的地方！除此之外，爲了經濟發展等需要，人們在開發土地時往往沒有顧及水土保持，破壞了水資源，嚴格來說，我們的水源是年年在減少！

這樣說來，只要人口持續增加、工業持續發展，可用的水資源就一定會一年比一年減少？

理論上是這樣的，不過自從二○○二年夏天台灣實施過限水措施後，許多民眾都養成了節省用水的習慣，到了二○○三年，民生用水量減少很多哦！顯然，可以努力的空間還是很大的。

缺水的時候，難道不能來場人造雨嗎？

人造雨可不是憑空變出雨水來，而是在水氣含量不太多、沒辦法自己凝結降雨的雲層裡灑些藥劑，增加水氣凝結的機會。如果沒有雲、沒有足夠的水氣，別說造雨了，求雨也沒有用！節約用水、避免土地過度開發，才是正確的因應之道！

熱鬧的菜園

回歸自然的有機農法正流行

為了要寫一篇自然觀察報告，我跟著媽媽和一群阿姨搭著小巴士上山。車子開始繞行山路後，我就睡著了。睡夢中，隱約聽到媽媽說：「到了。」我勉強睜開眼睛，但睡意仍濃。不過，當我的眼睛不經意看到窗外景色時，我幾乎是立刻清醒了。

「哎喲媽！我是要做生態觀察耶，妳怎麼帶我來菜園啊！」我失控的對著媽媽大嚷。

「菜園也可以做觀察呀！」媽媽溫柔的對我說：「小可，你不要急，媽媽和阿姨們要先去聽王叔叔講課，你就在園子裡看看，相信一定可以找到你要觀察的東西。」

「怎麼可能嘛！這下糟了，我的作業交不出來了。」我的心情幾乎絕望到

了極點。望著媽媽和一群阿姨的背影消失後，我的腦袋瓜更是一片空白。

「哎喲！媽媽到底知不知道呀，現在的菜園都用農藥，把蟲蟲殺光光了，鳥也不想來，這樣還有什麼好觀察呀？」我嘆了口氣，用力踢了一下泥土，愈想愈生氣。

這時，突然有個細小的聲音在耳畔響起，我好奇的尋找發聲的來源。猜猜看，我找到了什麼？沒想到竟然有個鳥窩耶！我看到窩裡面還有三隻嗷嗷待哺的小鳥。

「好可愛喲！」太令人興奮了，這還是我第一次近距離看到鳥窩呢！機不可失，我趕緊拿出數位相機猛拍了起來。

過沒多久，又聽到一陣翅膀拍動的聲音，我猜想是母鳥回來了，爲了怕母鳥被我嚇跑，我趕快躲起來繼續偷拍。

有了這個美妙的接觸後，我的精神也來了，開始四處走動，認眞觀察。

「怎麼樣，小可，有沒有收穫呀？」

正當我專心看著一隻蜘蛛在結網的時候，媽媽的聲音突然響起。

「噓，小聲點啦，妳會把蜘蛛嚇跑的。」

「咦，蜘蛛聽得到我講話呀？」媽媽看我這麼緊張，不禁失笑起來：「好了，我看你一定收穫不少。對了，這是王叔叔種的蘆筍，很好吃哦！你來吃吃看。」

媽媽幾乎是把蘆筍塞到我的嘴巴裡。其實，我是不愛吃蘆筍的，總覺得它們有一股怪怪的味道，但是我嘴巴裡的蘆筍卻有一種說不出的香味，而且愈嚼愈香。

「怎麼樣，好吃嗎？」媽媽問。

「嗯，很好吃。這眞的是蘆筍嗎？」

「小傻瓜，媽媽幹嘛騙你啊！」

媽媽說，因爲這個菜園不是普通的菜園，而是利用「自然農法」耕種，完全不用農藥，所以種出來的菜都特別香甜。

「難怪園子裡有這麼多小生物。」我一面讚許，一面懷疑的問媽媽：「可是聽說有機蔬菜都醜醜的，而且又貴，會有人買嗎？」

「當然有，像王叔叔的菜還供不應求呢！你沒注意到嗎？現在有機飲食店愈來愈多，我們家巷子口最近也開了一家呢！」

當我們準備離開的時候，天空下起了雨，菜園周圍響起了陣陣的蛙鳴。我和媽媽對看了一眼，心滿意足的踏上歸途。（吳梅東）

什麼是有機？什麼又是自然農法呀？

所謂自然農法就是遵照大自然法則的耕種法，用這種方法種出來的菜就是有機蔬菜。最基本的概念就是不用農藥。

這聽起來不就是回到農業時代的耕種法嗎？

差不多是這樣。簡單的說，就是回歸自然。

可是聽說這種生產方法的成本很高，價錢也貴，會有人買嗎？

當然有。因爲現在的環境汙染很嚴重，不僅空氣汙染、水汙染，連蔬菜、水果都殘留過多的農藥，導致什麼奇怪的病都有，所以有愈來愈多的人願意多花點錢買沒有農藥的蔬果來吃，以確保身體健康。

難怪現在有機飲食店愈來愈多，原來大家都學聰明了，寧可花錢買健康，而不是等到生病了，再花錢看醫生。

走一走，也要停一停

身心健康，未來更有希望

我是一個好學生，每天過著有計畫的生活。

清晨六點我一定起床，刷牙、洗臉、吃過早餐後，先練習半小時的鋼琴，七點四十分爸爸送我到學校。

我是班上的風紀股長，維持秩序是我的責任，而且我以身作則，上課時總是專心聽講，老師常誇我是全班的好榜樣。午餐過後，我會利用午休時間到體育館練習桌球，因爲我計畫下學期要代表學校參加縣運動會。到了下午，時間比上午更寶貴，每節下課的十分鐘，我都要複習晚上才藝班的課業。

放學後才是一天中最忙碌的時段：星期一、四要學數學，星期二、五學英文，星期三在安親班做功課。星期六是週休，活動更多，一大早就去科學營，學習運用各種科學原理製作玩具，下午要練鋼琴，晚上還有畫畫課。星期日要待在家裡練習心算三小時，因爲上屆的全國心算大賽我只得第七十名，爸爸說我還有很大的進步空間，我要繼續加油。

我的這些計畫不能有一丁點的閃失，因爲媽媽說，只要一鬆懈，就會產生「骨牌效應」，影響到所有的課業，以前的努力也會白費。首先是「國中甄試」的才藝項目會失掉分數，正常的學科也別想拿到好成績。要是甄試的分數太差，就算分發到好的國中，也會因爲基礎不穩而跟不上進度，那麼在競爭激烈的國中三年裡，要拿好成績鐵定更困難了。這樣下去，想進明星高中根本是空想！讀不到好的高中，就別想進理想的大學、研究所，以後找不到好的工作、發展自己的事業……天啊！人生就毀了！

所以，每天的生活都很重要，這麼做的目的都是爲了將來。每當我拖著沉重的步伐，在我家附近看到和我年齡差不多大的小朋友在追逐嬉戲時，我就會提醒自己：「要怎麼收穫，先怎麼栽。」想要高人一等，就不可以把時間浪費在對將來沒有幫助的遊戲，所以我只是斜眼瞄了他們一下，就立刻回家去了。

才進家門、放下書包，媽媽慈祥的聲音立刻提醒我：「快去複習英文！」

補習班辦的英文朗讀比賽還有兩天就到了。」

如果比賽贏了，暑假就可以去夏威夷參加全美語生活體驗營。我希望能去夏威夷展現努力學習的成果，所以快速的洗了澡後，坐在書桌前大聲朗讀英語課文。但是不知道爲什麼，不管我怎麼努力，眼前的英文字總是跳動不停，而且一個字也看不懂，我著急的把書本摔在地上哭了起來，眼淚像決了堤的洪水不斷湧了出來……

不得已，媽媽幫我請了三天假，並找了當心理治療師的小阿姨來看我。小阿姨說我的日子過得太緊繃，完全沒喘息，以後不可以把生活填得這麼滿，在繁忙的日子中更要讓身體和心靈有時間安靜下來，不然又要累倒了。小阿姨還安慰我，適度的放鬆，並不會影響到前途。

雖然我不知道怎樣才算是放鬆，但我很喜歡小阿姨給媽媽的建議，現在每個星期六下午是我自己的時間，我可以隨意做自己喜歡做的事，而我的選擇是到樓下和小朋友玩，或是聽聽音樂、看看電視，我想這麼做對未來大概不會有幫助，但是，我眞的覺得好快樂哦！

（許玉敏）

跟著計畫走，不對嗎？

做計畫能幫助我們按部就班的做事，但是訂定計畫一定要衡量自己的體力和心力是否能負荷，適度的休息是必要的，有句俗語說得好：「休息是爲了走更長遠的路。」就是這個道理。

大家都在學才藝，如果我不學，可能會跟不上吧！

學習才藝是爲了發展多元的興趣，或是提升競爭力，但隨著年齡的增長，課業加重，才藝課多少會變成負擔，如果學才藝只是爲了讓自己看起來比較「厲害」，那反而失去了學才藝的意義。

學習就像馬拉松賽跑，比的不是一時的智力和體力，還要考驗長期的毅力和耐力，如果不顧自己的身心狀況，一味的努力衝刺，可能會累垮在半路上呢！

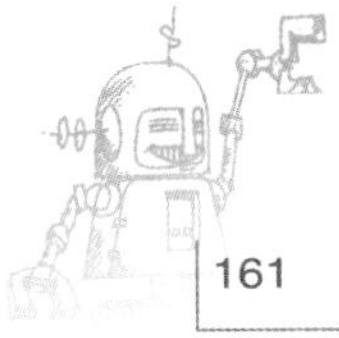

記取成長的滋味

擁抱過去，以信心迎向未來

最近便利商店經常出現一堆「奇怪」的玩意兒，什麼番薯籤、抽抽樂、戳洞樂、竹蜻蜓……曉亭和媽媽去便利商店買東西時，媽媽突然走到那些商品跟前一直瞧。

「好懷念哦！」只見媽媽臉上浮出一種小女孩才有的童稚笑容。

媽媽拿了一盒戳洞樂，告訴曉亭：「亭，這東西可好玩了！媽媽以前小學放學後，手中捏著阿公給的銅板，總會走到巷口的雜貨店，戳一格，看看那天會得到什麼。有時是糖果，有時是彈珠，有時是小玩具……」

「永遠都有未知的驚喜。」媽媽想到，在成長的過程中，每個人不是都在期待這種感覺嗎？

像這樣的商品最近似乎多了起來。曉亭注意到，商店裡賣起了「五年級的懷舊麵包」，書店裡有《五年級的同學會》，電視卡通播放著《北海小英雄》、《小英的故事》。這些看起來舊舊的、不是很炫的東西，原來都是媽媽的童年記憶。

像曉亭媽媽這樣四十歲左右的人，自從學校畢業，就忙著工作、結婚、養育子女，生活漸漸安定後，會突然覺得過去的日子特別令人懷念。

曉亭記得媽媽的衣櫥裡有幾件早就穿不下的衣服，還有一兩個舊舊的盒子，裡頭裝著老照片、信、風景明信片、項鍊、獎牌等看起來奇奇怪怪又沒什麼用的東西。

「等妳長大，就知道有些東西是寶貝。」媽媽一臉神祕的說。

曉亭聽媽媽說她的童年，覺得好新鮮，好像那是另外一個世界。她想：「以後等我長大，世界也會變得不一樣嗎？」

媽媽從小都跟外公、外婆講台語，雖然曉亭聽得懂，講得卻不流利，跟外公、外婆常常聊不上幾句。以前她覺得無所謂，但現在學校要上鄉土語言課程，曉亭反而開始學台語了。

「現在都已經全球化、地球村了，外語比較重要，母語在家裡講就好了，爲什麼還要有鄉土語言課程？」曉亭聽過不少人這樣講。其實學台語她不排斥，但是考試就很討厭了。

以前曉亭的媽媽也不覺得學習鄉土語言、認識鄉土有什麼重要，可是當她看到各式各樣的懷舊老東西，驚覺時光流逝，突然有一種體會：如果孩子不學母語，總有一天母語會被完全忘記。一個人如果對自己的過去和家鄉沒有太多印象和懷念，恐怕也不容易對自己、對家鄉建立起自信吧！沒有自信，大概也很難在國際社會和別人競爭吧！

「亭，媽陪妳把這星期教的台語再唸一遍！還有，我們新竹老家那邊的山上最近開滿了油桐花，晚上還可以看到好多螢火蟲哦！這個週末，我們去看螢火蟲吧！」

（石芳瑜）

學英文，到國外玩時可以和老外說話，學母語我就不知道要做什麼用？

學外語是爲了了解外國，和外國人溝通。學母語則是要認識自己，接近自己的鄉土文化。

有人認爲本土化和全球化是互相衝突的，其實不然。全球化是了解別人，學習別人的優點。本土化是認識自己的根，珍惜自己的文化。認識別人，也認識自己，才不會進退失據。如果說學母語是了解自己的一部分，這樣你說重不重要？

這樣我懂了。對了，現在很流行「古早味」，我看政府宴請外賓，以前都在首都台北，現在卻常選在各縣市吃些地方菜，這樣是不是作秀？

你要說是「作秀」也行，因爲這只是一個表面動作，更重要的是它的意義。過去我們比較重視北部的發展，現在則強調各地方均衡發展。比如故宮分院決定要設在嘉義，有個嘉義人卻不以爲然的說：「我們嘉義有這麼好嗎？爲什麼故宮要設在這裡？」一個城鎮往往沒什麼「不好」，但是若當地人對自己的家園缺乏信心，就會自我設限。

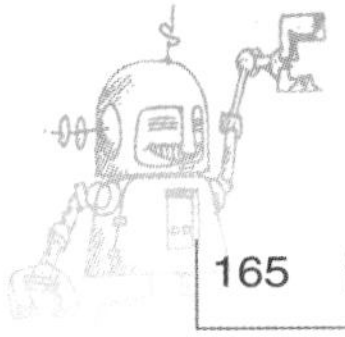

本土化就是找到自己的特色吧！在全球化的趨勢之下，要有自己的特色才會突出。

所以啊，有些人覺得台語很土，蚵仔麵線不像義大利麵或法國料理那樣登得上枱面，很多時候只是對自己缺乏自信罷了。

謝金河談了解未來趨勢

未來要靠知識創造財富

（李美綾）

圖片提供／謝金河

謝金河，政大企管系學士、政大東亞研究所碩士，現任財訊文化事業執行長、專業理財雜誌《今周刊》發行人，公共電視《面對國家》節目主持人。為國內知名的產業經濟趨勢觀察家，擅長分析政經情勢、兩岸關係及理財投資。

您認為未來十年內，科技的發展會如何改變生活？

整個科技在應用上將有快速的發展，有個術語叫做「眼球革命」，意思是說未來將有許多消費性的電子產品是用來滿足人類視覺上的需求。

舉個例，目前爲止我們看的電視還是映像管做的，但十年內將被三種產品取代：電漿、背投影和液晶。這些產業已經起跑，不過技術還不成熟，例如在呈現動態影像時的解析度還不夠，價格也較高。

目前電視是用類比訊號傳輸的，到了二〇〇六年，所有的電視都將「數位化」。數位化之後，電視的頻道會更多，多到我們無法想像。頻道增加之後，最有價值的將是數位的內容。

現在台灣的電子產業很發達，未來也是這樣嗎？

從九〇年代開始，台灣的電子產業以硬體製造和代工傲視全球，培養出許多產業的巨人，例如台積電、聯電、廣達、鴻海、宏碁、華碩等。後來許多廠商受到廉價勞力的吸引，就轉移生產基地，到中國大陸設廠。產量雖然大幅增加，但相對的，價格也被殺得很低，利潤愈來愈微薄。

爲了爭奪市場，許多公司原本只做一項產品，現在卻幾乎什麼都做，於是每家公司的產品都差不多，競爭反而更激烈了。例如明基原來只做螢幕，後來也做手機，而現在鴻海和華碩也都做手機。未來實力較強的大公司會殺在一起，較小的公司就更沒有生存空間了。

台灣廠商的殺價競爭很激烈，即使賠錢也要搶到訂單。我曾聽說，有一次在競標美國一家PDA廠商的訂單時，台灣一家廠商算過一台PDA的製作成本是一九二元，於是出價一九六元，打算賺四元就好，沒想到另外一家台灣廠商竟然出價一七七元，低於成本，簡直不可思議！

台灣本來應該朝技術升級的方向努力，卻沒有這麼做。現在硬體代工的模式已經達到相對的極限了，今年到明年，台灣將面臨產業發展的轉折點。

那台灣未來的機會在哪裡？

我認爲未來要做的，是發展新技術及新產品、研發自有的品牌，以及掌握數位商機。

台灣人一直不願開發自己的品牌，許多人甚至認爲台灣沒有打自有品牌的條件，過去宏碁在美國打Acer品牌沒有成功就是一個例子。但是殘酷的事實擺在眼前：幫美國大廠代工一台筆記型電腦，從頭做到尾，可能只賺到四元，但是一旦電腦貼上品牌，卻可以賺一百九十六元，代工等於是在做牛做馬！

打品牌眞的不可能嗎？看看韓國品牌三星，每年花二十億美元打廣告，在各國機場都看得到三星手機的廣告，現在它的市佔率已經超越摩托羅拉，直追諾基亞了。就算台灣沒辦法做到世界頂尖，但在華人市場應該有條件打出自己的品牌。看向中國大陸十三億人口的市場，或許正是未來的機會。

另外，因應數位化時代的來臨，必須多多思考如何研發數位的內容，以創造更高的價值。例如未來電視頻道暴增，要怎麼塡滿頻道？像韓劇可以跨越國界，賣到日本、台灣、中國大陸，這就是政府鼓勵、業者爭氣的成果。又如大陸拍的電視劇《雍正王朝》，我看過不下五次，它的確有引人入勝之處。未來台灣應該努力，在數位內容上多加研究，花錢找對的人來做。

未來的世界會如何變化呢？

自從一九八九年柏林圍牆倒塌，鐵幕國家開始走向資本主義，變成工業生產國，全球等於增加了十億個廉價工人，這些工人搶走了許多工作，使先進國家的失業率居高不下，而且由於大量生產，使產品價格不斷下降。

可以想像，在這種情況下，靠勞力賺錢會愈來愈困難，只有靠知識才能創造財富。有知識，不管走到哪裡，都可以看到機會，所以我們要不斷提升自己，受更多、更好的教育。

在全球化的趨勢下，國與國的界線愈來愈模糊了。記得我當年從南部鄉下到台北來唸高中，已經是很不得了的一件事。等到我的女兒國中畢業，她可以自己上網申請美國的學校，並一路唸到大學，勇氣比我還高！我們的下一代，語言能力更靈活，眼界和格局也更開闊，對世界不陌生，這絕對是一種進步。

The Eurasian Publishing Group
圓神出版事業機構
用心與你對話・視野無限寬廣

圓神出版社
Eurasian Press

http://www.booklife.com.tw　inquiries@mail.eurasian.com.tw

說給我的孩子聽　10

面對人生的10堂課——未來生活

發 行 人／簡志忠
出 版 者／圓神出版社有限公司
地　　址／台北市南京東路四段 50 號 6 樓之1
電　　話／（02）2579-6600・2579-8800・2570-3939
傳　　真／（02）2579-0338・2577-3220・2570-3636
郵撥帳號／18598712　圓神出版社有限公司
副總編輯／陳秋月
主　　編／林慈敏
策　　劃／簡志忠
審　　定／張之傑
套書主編／李美綾
插　　畫／陳穩升
責任編輯／李美綾
校　　對／李美綾・丁文琪
美術編輯／劉婕榆
排　　版／杜易蓉
印務統籌／林永潔
監　　印／高榮祥
總 經 銷／叩應有限公司
法律顧問／圓神出版事業機構法律顧問　蕭雄淋律師
印　　刷／龍岡彩色印刷
2005年5月　初版

定價 250 元　ISBN 986-133-073-9

國家圖書館出版品預行編目資料

面對人生的10堂課 . 未來生活 / 林慈敏主編.
-- 初版. -- 臺北市 : 圓神, 2005[民94]
面 ; 公分. -- (說給我的孩子聽系列 ; 10)

ISBN 986-133-073-9 （精裝）

1. 親職教育 2. 父母與子女

528.21 94004321

說給我的孩子聽系列　**面對人生的10堂課**

說給我的孩子聽系列　**面對人生的10堂課**